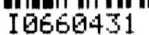
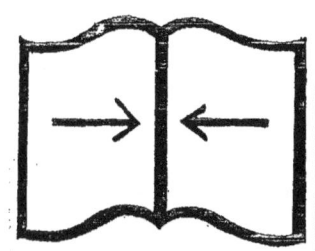

RELIURE SERREE
Absence de marges
intérieures

Couverture inférieure manquante

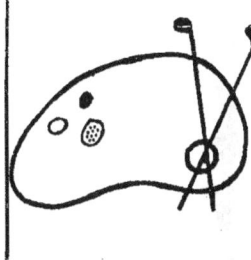

Typographie de couleur

VALABLE POUR TOUT OU PARTIE DU
DOCUMENT REPRODUIT

LÉON DE TINSEAU

PLUS FORT
QUE LA HAINE

PARIS

CALMANN LÉVY, ÉDITEUR

RUE AUBER, 3, ET BOULEVARD DES ITALIENS, 15

A LA LIBRAIRIE NOUVELLE

1891

PLUS FORT QUE LA HAINE

CALMANN LÉVY, ÉDITEUR

DU MÊME AUTEUR

Format grand in-18

IMPRIMERIE CHAIX, RUE BERGÈRE, 20, PARIS. — 8734-4-91.

PLUS FORT

QUE LA HAINE

PAR

LÉON DE TINSEAU

PARIS

CALMANN LÉVY, ÉDITEUR

ANCIENNE MAISON MICHEL LÉVY FRÈRES

3, RUE AUBER, 3

—

1891

PLUS FORT QUE LA HAINE

I

Le monde, sous des airs indignés, cache
d'amusants pardons pour l'audace qui brave
ses lois et pour l'intrigue plus ou moins adroite
qui crochette ses portes. Même, il est aisé de
voir qu'il ne déteste ni les sarcasmes de la philosophie, ni les foudres de la religion, car, en
combattant sa tyrannie ou sa perversité, on
affirme encore sa puissance. Voilà pourquoi, de
tout temps, le monde s'est porté en foule aux
comédies qui étalent ses ridicules; pourquoi,
de nos jours, il s'arrache les œuvres des romanciers qui promènent sur ses laideurs le

1

verre grossissant de l'analyse. Voilà pourquoi, depuis qu'il y a des chaires dans les temples et des prédicateurs dans les chaires, une élite mondaine, feignant l'humilité, s'assied aux premiers rangs des fidèles pour savourer fière- ment l'anathème sacré : *Vanitas vanitatum, et omnia vanitas!* De l'anathème il a fait une devise qui prouve sa vieille noblesse. Telle une famille qui pourrait établir qu'une de ses grand'mères avait déjà mal tourné du temps de Salomon.

Tout au contraire, à ceux qui veulent planer au-dessus de lui, qui négligent insolemment de le prendre pour témoin de leurs luttes, de leurs fautes, de leurs chagrins ou de leurs joies, le monde garde un éternel ressentiment. Tôt ou tard il leur réserve une vengeance, même quand il est contraint de sourire à leur succès ou à leur fortune. Ainsi que Méphis- tophélès bafoué par l'odieux pouvoir du su- blime et du mystique, il s'éloigne pour un temps, grommelant dans sa rage momenta- nément désarmée :

Nous nous retrouverons, mes amis; serviteur!

et, l'occasion venue, sans pitié il enfonce le trait.

Il y a quelques années, ces réflexions durent frapper les observateurs capables de penser et de prévoir, à la vue du malaise indéfinissable qui se déclara sourdement dans les sphères les plus élevées de la meilleure société, lorsque ce double billet de part fut répandu — sans profusion — dans le faubourg Saint-Germain et ses annexes :

Le comte de Sénac a l'honneur de vous faire part de son mariage avec mademoiselle de Quilliane.

Château de Sénac (Ardèche), le...

Madame de Chavornay, religieuse hospitalière de Saint-Bernard de Menthon, a l'honneur de vous faire part du mariage de mademoiselle de Quilliane, sa nièce, avec M. le comte de Sénac.

Couvent des Bernardines, avenue Kléber, le...

Certes, l'union était assortie comme nom et comme fortune. Les Quilliane et les Sénac représentent la meilleure noblesse de la Pro-

vence et du Languedoc; les jeunes époux,
d'après les calculs les plus modérés, entraient
en ménage avec cent vingt mille livres de
rente. Quant à leurs personnes, peu de gens
pouvaient en parler; encore fallait-il, pour
cela, remonter à plusieurs années.

Albert de Sénac avait disparu du monde, un
beau jour, sans crier gare, pour aller voyager
aux antipodes. A vrai dire, avant cette fugue,
le monde n'avait trouvé dans le jeune déser-
teur qu'un courtisan peu remarquable par son
assiduité et visiblement sceptique. Depuis son
retour, c'était pis encore. Albert ne s'était
montré presque nulle part et, d'après le genre
de vie qu'on lui connaissait, il était permis de
le croire moins occupé de chercher une femme
que d'asseoir sa candidature à l'Académie des
inscriptions. Aussi la nouvelle inattendue de
son mariage faisait froncer les sourcils à plus
d'une douairière, au souvenir des hypocrites
déclarations en faveur du célibat par lesquelles
ce sournois avait repoussé leurs tentatives.

Quant à la nouvelle madame de Sénac,
c'était bien autre chose. Le moins qu'on pouvait en dire était de l'appeler « défroquée »,

et c'est à quoi l'on n'eut garde de manquer, surtout les mères qui avaient « soigné » Sénac pendant un hiver ou deux, et qui avaient encore leurs filles sur les bras.

Quelques jeunes femmes, anciennes élèves du fameux couvent de l'avenue Kléber, et qui avaient conservé leurs entrées dans la maison après le sacrement, rétablissaient les faits et défendaient leur ancienne compagne contre les attaques de leurs aînées.

— Thérèse n'a jamais porté l'habit religieux, disaient-elles. Son mariage s'est décidé la veille du jour où devait avoir lieu la vêture. Donc elle n'est pas plus défroquée que nous.

— C'est bien subtil. Depuis trois ans elle était enfermée là-bas, et tout le monde la considérait déjà comme bien et dûment cloîtrée. Joli couvent, d'ailleurs, si les amoureux y entrent comme au moulin !

— Mais non, chère madame; elle a connu M. de Sénac en Égypte, dans un voyage...

— En Égypte ! En voici bien d'une autre ! Cette jeune personne accomplissait le tour du monde pendant qu'on la croyait prosternée dans sa cellule! C'est ce que nous appellerons faire son noviciat à l'américaine.

— Hé! la pauvre petite ne voyageait pas pour son plaisir. Elle accompagnait son frère, malade de la poitrine, si malade qu'il en est mort, malgré l'Égypte...

— Et qu'il n'a pas très bien surveillé sa garde-malade. Sénac aura si fort compromis la demoiselle que le couvent la lui a laissée pour compte.

— Mais non, puisqu'elle est rentrée au couvent après son voyage et qu'elle y a passé presque deux ans.

— Bon! je vois ce que c'est. Le monsieur l'aura quelque peu enlevée.

— Croyez-vous? La Révérende Mère de Chavornay, qui est une sainte, n'aurait pas mis son nom sur les billets de part. Surtout elle n'aurait pas marié sa nièce dans la chapelle de son pensionnat, en présence des religieuses et des élèves.

— D'accord. Et les époux n'ont pu trouver, à eux deux, pour mettre sur les billets, qu'une vieille religieuse qui ne porte même pas leur nom? Comme parenté, c'est maigre, et cela sent l'enfant trouvé d'une lieue.

— Ce n'est pas leur faute si Christian de Quilliane, frère de la mariée, fut le dernier de sa race, et s'ils n'ont, l'un et l'autre, ni père ni mère, ni frère, ni sœur...

Pendant huit jours, des conversations de ce genre furent échangées dans une cinquantaine de salons, les plus huppés de Paris. Mais, si le jeune ménage trouvait toujours des gens pour l'attaquer, plus rarement des âmes charitables étaient là pour le défendre. On l'attaquait toutefois avec une modération relative, soit par un reste de cette franc-maçonnerie aristocratique si puissante en certains pays, si relâchée dans le nôtre; soit parce qu'on ne savait sur lui que du bien, dans le peu qu'on savait. Après examen, il parut évident qu'on aurait mauvaise grâce à ne pas ouvrir ses portes au grand large devant ces originaux, et même à ne pas assister aux fêtes qu'ils allaient donner, car on décida aussi qu'ils en donneraient. Une chose en effet ne pouvait se discuter : c'est que l'ancien hôtel des Quilliane, devenu l'hôtel des Sénac par le testament du dernier marquis et le mariage de Thérèse,

était l'une des plus magnifiques résidences du
quai d'Orsay, la seule peut-être à qui la Révolution et les embellissements de Paris n'ont
enlevé ni un arbre, ni une pierre, ni une
tapisserie, ni un meuble.

En somme, la haute société ménageait aux
Sénac des dispositions plutôt bienveillantes.
Restait pour eux à en profiter avec reconnaissance, et, voilà précisément ce qui ne parut
pas les préoccuper beaucoup. Février s'écoula
— le mariage avait eu lieu à la Chandeleur —
et les hautes baies de l'hôtel continuèrent
à laisser voir derrière les étroits carreaux de
leurs vitres la peinture jaunie des volets fermés. Le carême s'enfuit; les cloches de Pâques
sonnèrent; les bals s'annoncèrent partout,
excepté chez les Sénac, dont le Faubourg
n'entendait plus parler. Peu s'en fallut qu'on
ne les réclamât à la police.

On avait si bien composé d'avance le menu
de leurs dîners et la liste de leurs invitations,
que bien des gens commençaient à sentir un
mouvement d'humeur en passant sous les
fenêtres obstinément fermées. A toute force on
eût accordé remise de quelques mois pour

cause de réparations — les appartements
devaient être furieusement délabrés — si, du
moins, le jeune couple avait abattu sa tournée
de visites. Mais ils en prenaient par trop à
leur aise, aussi bien avec les gens pressés
qu'avec les gens curieux ; en d'autres termes,
ils se moquaient du monde.

Aussi le monde, indisposé par cet exemple
fâcheux d'insoumission, jugea-t-il à propos
de faire une enquête sérieuse ; malheureusement les témoins manquaient, même ceux du
mariage, car trois d'entre eux étaient venus
tout exprès du fond de la province, et depuis
longtemps avaient regagné leurs gentilhom-
mières respectives. C'était à croire que les
mariés avaient prévu ce qui se passerait. Dieu
merci ! le quatrième témoin habitait la capitale, mais il avait quatre-vingts ans, et le
pauvre vieux, ayant pris froid au sortir de la
cérémonie, luttait sans espoir contre une bron-
chite, au fond d'un hôtel perdu à l'extrémité
de la rue du Cherche-Midi. Néanmoins, ques-
tionné sans miséricorde entre deux étouffe-
ments, il eut le temps de déclarer que l'aventure n'était pas une légende, qu'Albert et

1.

Thérèse existaient en chair et en os, qu'ils
étaient bien et dûment mariés, et même
qu'ils avaient semblé particulièrement satis-
faits de l'être. Il ajouta — et le bonhomme
s'y connaissait — que, dans sa longue carrière, il n'avait jamais rencontré de futur
mieux fait et plus épris, de future plus belle,
mieux habillée et de plus grand air. Après
quoi il mourut.

Pendant ce temps-là, une ancienne élève,
restée la favorite de la Révérende Mère de
Chavornay, finissait par apprendre de celle-ci
que le jeune ménage, au sortir de la chapelle,
s'était rendu à l'hôtel Quilliane et y avait
passé vingt-quatre heures, dans le plus strict
incognito, bien entendu. Cette infraction aux
usages, qualifiée par les douairières de *mariage
à la hussarde*, fut généralement blâmée. Une
vieille fille, assez mûre pour avoir son franc
parler, ne craignit pas de dire :

— A la place de la novice il m'aurait
semblé que la chambre nuptiale du quai
d'Orsay n'était pas assez distante de la cellule
de l'avenue Kléber, et j'aurais cru commettre
un sacrilège en n'allant pas plus loin.

— Oh ! mademoiselle, répondit le baron de
Javerlhac, l'enfant terrible du Faubourg malgré ses soixante ans, on voit bien que vous
n'avez jamais passé par là ! Auriez-vous donc
obligé ces pauvres diables à attendre qu'ils
fussent dans la lune pour songer à la terre ?

— D'ailleurs, fit observer la jeune marquise
de Boisboucher, parente d'Albert, j'ai eu
quelques détails. Les époux n'ont même pas
déjeuné en tête à tête, car la respectable
Mrs Crowe, l'ancienne dame de compagnie de
ma nouvelle cousine, s'est mise à table avec
eux, je le sais de bonne source.

Une chose impossible à savoir, en revanche,
était le lieu vers lequel Sénac et sa femme
avaient pris leur vol en quittant Paris. Probablement ils se cachaient dans le vieux château de Sénac, demeure féodale peu habitée
depuis longtemps et enfoncée dans les montagnes de l'Ardèche. Allaient-ils donc y passer
un siècle, sans voir personne ? — Bon moyen
de se prendre en aversion ! prophétisèrent les
personnes d'expérience.

Mais, un beau jour, on apprit que les Sénac avaient été rencontrés en Égypte. Sans

doute, ils refaisaient, sous forme de pèlerinage amoureux, l'excursion qui leur avait si bien réussi deux ans plus tôt. Ce dernier trait acheva de les classer parmi les chercheurs de quintessence dont il ne faut rien attendre de bon. Pendant une semaine on ne parla point d'autre chose.

— Ils comprennent la fausseté de leur situation, proclama la sévère marquise de Castelbouc, et n'osent pas se montrer avant qu'on ait oublié leur histoire. Mariage de novice, mariage de divorcée : au fond les deux se ressemblent.

Avec plus de mesure, le baron de Javerlhac, qui joue volontiers le rôle de juge amateur dans les causes mondaines, résuma les plaidoiries et prononça l'arrêt par contumace :

— Plût au ciel qu'il n'y eût rien de plus à reprendre aux vingt ou trente mariages qui se feront chez nous cette année, qu'à celui-là ! Ces braves gens n'ont qu'un tort, dont ils seront seuls à souffrir. Je les devine trop différents des êtres masculins et féminins parmi lesquels le sort les appelle à vivre. Ils veulent être meilleurs que leur époque, et croient pouvoir

donner en tout la première place au sentiment. Or, nos romanciers eux-mêmes fuient
le sentiment dans leurs livres, parce que ça ne
se vend plus. Si j'étais l'ami intime de ces deux
rêveurs, je leur conseillerais de rester toute
leur vie en Égypte, — et encore c'est un peu
trop près d'ici. Quand ils se trouveront en face
de la vie telle qu'on nous l'a faite et que nous
l'avons faite, ils m'en diront des nouvelles!

Javerlhac n'était pas toujours si tendre envers son prochain, car la bienveillance n'était
pas son péché mignon. L'avenir devait montrer si, malgré cette mansuétude, il avait vu
l'avenir trop en noir dans sa prophétie. Tandis qu'il livrait au vent les feuilles de l'oracle,
Thérèse de Sénac écrivait la lettre suivante à
Mrs Crowe qui venait de passer, toute seule
au vieux château, un hiver assez différent de
celui du jeune ménage :

« Le Caire, 25 avril 188...

» Ma chère Kathleen, savez-vous pourquoi
je ne vous ai guère envoyé que des bulletins
de santé depuis mon départ? C'est que — je

suis habituée à vous dire tout — notre équipée
d'outre-mer me causait des terreurs folles;
mais vous devinez bien que ce n'est pas le
voyage en lui-même que je craignais.

» Quelle dangereuse témérité pour Albert,
quelle folle présomption pour moi, cette idée
de refaire, dans la prose du bonheur atteint,
le même voyage fait une première fois dans la
poésie de l'impossible rêvé ! Encore presque une
enfant, je comprenais déjà que les étoiles m'auraient paru bien moins belles après que j'aurais pu les toucher. D'ailleurs, il me semblait
qu'il ne faut pas recommencer certaines minutes particulièrement douces de la vie. La seconde rose, cueillie au même rosier, ne donne
pas l'ivresse de la première. Le printemps n'a
qu'un rossignol : celui qui nous a surpris, un
beau soir, de sa sérénade oubliée. Le lendemain c'est un autre rossignol qui chante,
mais ce n'est plus *le rossignol*.

» Aussi avais-je très peur de revoir l'Égypte
en général, et, spécialement, je tremblais
comme une feuille en approchant de chacun
des lieux où mon cœur avait laissé un souvenir. J'ai tout revu : le Caire et les grands ar-

bres de la promenade, témoins de notre première rencontre ; la petite maison de l'avenue
de Boulaq où, me voyant pleurer d'inquiétude sur mon frère, il m'a dit : — Voulez-vous
que je reste pour Christian [1] ?

» Et il resta, vous vous en souvenez, le cher !
bien qu'on l'attendît en France et qu'il risquât
de perdre une grosse somme — qu'il a perdue
d'ailleurs. Il resta... et vous aviez raison : ce
n'était pas mon pauvre Christian qui le retenait
au Caire !

» Mais le plus dangereux, c'était de pénétrer de nouveau, appuyée sur son bras, dans
ces ruines de Louqsor, où j'ai passé, je crois,
l'heure la plus douloureuse de ma vie. Car
c'est là que j'ai vu combien j'étais aimée et
combien j'allais aimer, moi, la fiancée promise
à Dieu, moi dont le pauvre cœur était déjà
suspendu devant l'autel, comme ces *ex voto* de
vermeil qu'on attache à la muraille sainte, et
qui ne saignent pas, ceux-là !... Mon Dieu !
que j'étais malheureuse ! Et vous, méchante,

---

1. Les événements auxquels cette lettre fait allusion sont
racontés dans un livre précédemment publié avec ce titre :
Sur le Seuil.

vous m'aviez laissée m'engager seule dans
le labyrinthe de granit; vous aviez peur des
chauves-souris et des serpents. Ah ! le véritable
serpent, ce jour-là, était une horrible femme
dont je ne veux pas écrire le nom. Que Dieu
lui pardonne la mort de mon frère et le crime
que j'ai commis, grâce à elle, en doutant de
l'être le plus loyal qui existe.

» Cet homme est plus qu'un homme : il fait
mentir la sagesse et l'expérience humaines.
Avec lui la réalité dépasse le rêve; la prose
est plus douce que la poésie; le bonheur de
la veille paraît incomplet auprès du bonheur
du lendemain. Ah ! comme il eut raison de
me ramener ici ! Maintenant, je vois clair dans
mon âme et dans la sienne — qui ne sont
qu'une seule âme, à vrai dire. Tout ce qu'il
m'avait promis, annoncé, est en train de s'accomplir. Oui, je le reconnais. Si j'ai fui, d'a-
bord, vers la divine perfection, loin du monde,
c'est que je désespérais d'y trouver — misérable
orgueil ! — une créature digne de moi. Et voilà,
qu'au contraire, je me sens indigne de lui, tellement indigne ! Le but de ma vie, après le ciel,
sera de diminuer la distance qui nous sépare.

» Mon Dieu ! quel bien nous allons faire et comme nous allons être heureux ! Ce matin je lui disais :

» — Pour ce qui est du bonheur, je suis tranquille : je vous ai ! Mais ma grande crainte est de n'être pas assez utile en ce monde. Je sais bien que nous sommes assez riches pour faire des bonnes œuvres. Alors ce ne sera pas nous qui serons utiles ; ce sera notre argent.

» Il a ri de ce qu'il appelle mon sophisme.

» — Nous ferons quelque chose de bien plus considérable et de bien plus difficile que de fonder un hospice ou de recueillir des orphelines, a-t-il répondu. Nous montrerons à l'humanité ce que c'est qu'un bon ménage selon Dieu et selon le monde. Depuis vingt ou trente ans, je doute qu'on en ait vu beaucoup, tandis qu'on trouverait à cette heure, dans les seuls couvents de Paris, plusieurs centaines de religieuses réunissant toutes les vertus et toutes les qualités de l'espèce. Convenez qu'une de plus n'y aurait pas fait grand'chose. Vous serez bien plus utile en faisant voir au monde l'échantillon perdu de la grande dame d'autrefois, je parle de ces femmes tout à la fois sérieuses et charmantes, reines par le pouvoir de la situation et de l'esprit, qui furent nos aïeules. Faut-il mettre en compte les exemples de la bonne chrétienne que vous serez ? Donc ne regrettez pas l'avenue Kléber. Vous avez fait de moi le plus heureux des hommes en la quittant, de même que vous en auriez fait le plus misérable en refusant d'en sortir.

» Vous allez dire que mon très indulgent mari conduit la modestie de sa femme à une mauvaise école. C'est son affaire; mon devoir est d'accepter avec joie *ces petites démonstrations d'amitié qui rapprochent les cœurs et servent à faire l'agrément d'une douce société*. Reconnaissez-vous, dans ces paroles, notre ami saint François de Sales ? Peut-être que non, car elles ne sont point tirées des chapitres que vous me lisiez souvent, jadis, pendant que je brodais la fameuse chasuble, sans me douter qu'elle embellirait la messe de mon mariage et non pas celle de ma prise d'habit. Dieu l'a voulu; je le sais, j'en suis sûre : je l'en remercierai jusqu'à mon dernier soupir.

» Vers la fin d'avril, nous serons à Sénac et je vous raconterai le voyage que nous ache-

vons. C'est la même contrée, les mêmes pay-
sages, les mêmes ruines, les mêmes obélisques;
mais tout cela est éclairé autrement. Il me
semble que je revois au grand soleil des lieux
que j'avais visités une première fois au clair
de lune. Rien ne vaut le soleil; mais ne disons
pas de mal de la douce et mélancolique Phébé.
Ce serait de l'ingratitude la plus noire.

» Chère amie, sachez que deux noms ne sont
guère sortis de ma pensée depuis que nous
sommes en Égypte : celui de mon pauvre frère
Christian et celui de ma bonne et fidèle Kathleen, qui fut, par son zèle, sa prudence et la
permission de Dieu, l'ouvrière de mon bonheur. Allez! nous ne nous quitterons plus,
cher témoin de mes douleurs et de mes joies.

» Combien il me tarde de vous revoir et de
faire connaissance avec ce vieux château, avec
ce village et les braves gens qui l'habitent!
Annoncez-leur que nous serons très peu Parisiens, et que nous leur donnerons le meilleur de notre temps.

» Votre amie,

» THÉRÈSE. »

II

Le voyageur que l'express emporte vers Marseille aperçoit la masse grandiose du château de Sénac, sur la rive opposée du Rhône, entre Montélimart et Orange. L'habitation a subi le sort commun des demeures seigneuriales de ce pays, que les guerres de religion traitèrent aussi rudement qu'aucun pays de France. Elle porte les traces profondes du fer et du feu. Mais les châteaux d'alors — et aussi les châtelains — étaient bâtis pour tenir tête aux horions. La grosse tour semble encore guetter l'approche des lansquenets ennemis, se glis-

sant à l'improviste par les chemins de chèvre
étagés sur les coteaux du Rhône. Elle pourrait
conter l'effroyable saut de plus d'un prison-
nier catholique ou huguenot, à qui, « pour
descendre en ceste mode, plus auraient fait de
proufict aisles que iambes ». Ainsi parlent les
chroniqueurs du temps, peu coutumiers de
sensiblerie.

Vers le milieu du xviiᵉ siècle, une habitation
moderne s'est soudée à la vieille tour restaurée
à grands frais ; tel on voit un guerrier blanchi
sous le harnais, mais encore vert, marier sa
gloire à la beauté d'une jeune épouse couron-
née de grâce. L'habitation, malgré tout passablement austère, occupe avec ses dépendances une
bande de terrain fortement incliné que bor-
dent, au pied, le cours du Rhône et, au sommet,
l'ancienne route de poste. La cour d'entrée, les
communs, le château, les parterres, le potager
remplissent la zone horizontale, située sur la
hauteur. Le reste du terrain, planté de chênes
encore jeunes, descend jusqu'au chemin de
halage par une pente assez raide. Une enceinte
a peu près carrée clôt la propriété dont la
surface approche de cinquante hectares, presque

entièrement rebelles à la culture. Aussi les
habitants du petit village, faisant allusion à
la dépense de cette muraille de trois quarts de
lieue répètent volontiers :

— L'écorce de Sénac vaut mieux que la
châtaigne.

Il y a cinquante ans, la malle-poste passait
chaque jour devant la grille armoriée qui
forme un côté de la cour d'honneur du château. Mais, depuis l'établissement de la grande
ligne ferrée qui longe l'autre rive du Rhône,
les châtelains, moins favorisés que jadis,
doivent quitter le train à la station située en
face de la vieille tour et traverser le fleuve en
bac pour entrer chez eux, à moins qu'ils ne
veuillent affronter l'interminable lenteur des
embranchements de la rive droite. Le progrès, comme la vertu, a ses côtés incommodes.

Les ouvrages spéciaux écrits pour les voyageurs citent le panorama du donjon de Sénac
parmi les plus beaux du midi de la France.
A l'est, le Rhône et sa vallée, encore étroite,
forment le premier plan, magnifique tapis de
verdure, où se détache la broderie plus pâle
du feuillage de l'olivier qui commence à pa-

raître. Au delà s'arrondit l'amphithéâtre majes-
tueux du Grésivaudan et des Alpes, appuyé à
droite sur le Ventoux désolé et neigeux. Parfois, dans les pures soirées d'automne, un
géant inconnu se dresse un instant parmi les
voiles roses de l'Orient prêt à s'endormir dans
l'ombre. C'est le Pelvoux dont la haute cime,
écrasant tous les pics voisins, reçoit la dernière caresse du soleil, de même que, le lendemain, il sera touché avant tous de sa flèche
d'or.

A l'ouest, la vue moins réjouie n'a pour se
reposer que le paysage austère et tourmenté
des Cévennes. Les aspects les plus divers se
trouvent mélangés comme au hasard. D'étroits
vallons, parés d'une riche culture, sont en-
caissés dans la sécheresse désolée de collines
granitiques aux contours anguleux. Sur les
plateaux, la garrigue monotone déroule son
vêtement de bruyères et d'arbustes rabougris,
sans autre habitation que la cabane en pierres
grises du berger, seul habitant de ce désert
sauvage. Des hameaux se cachent, de loin en
loin, parmi d'énormes châtaigniers à la cime
arrondie. Et l'horizon est fermé bientôt par

des ondulations médiocres assez hautes cependant pour empêcher le regard de découvrir la chaîne du Tanargue et du Gerbier des Joncs. Tels ces importuns sans valeur et sans mérite qu'on voit détourner à leur profit l'attention du vulgaire, en empêchant d'admirer le génie.

Depuis l'époque où Laurent, comte de Sénac, maréchal de camp des armées du roi, restaurait sa vieille tour et élevait sous son abri la demeure actuelle, ce lieu pittoresque fut rarement honoré de la résidence et même de la visite de ses maîtres. Gaston de Sénac, fils du précédent, moitié homme de guerre, moitié diplomate, mais par-dessus tout courtisan renforcé, disait à qui voulait l'entendre : « Le plus beau point de vue que je connaisse au monde est celui de l'orangerie de Versailles, quand le roi descend le grand escalier au milieu d'une cinquantaine de jolies femmes. Le paysage qu'on aperçoit de mon logis des bords du Rhône vient ensuite, autant qu'il m'en souvient, car je ne l'ai pas contemplé depuis l'âge de quinze ans. »

Une belle dame lui demandant un jour pourquoi il ne mettait jamais les pieds dans ce site merveilleux, le galant gentilhomme répondit :

— Pour deux raisons : la première, que je
ne vous y verrais pas ; la seconde, que l'air
du lieu est malsain pour nous autres. Depuis
cinq cents ans, il y est mort plus de cinquante
Sénac, hommes ou femmes.

Le plus curieux c'est qu'il y mourut lui-
même, durant un séjour — absolument forcé
— qu'il dut y faire après un mot trop spirituel sur la Pompadour. Il mourut un peu de
vieillesse et beaucoup du chagrin de ne plus
voir le roi, maladie qui n'était pas sans exemple
à cette époque. De nos jours ce sont les rois
qui pourraient être malades, assez souvent, de
ne plus voir leurs sujets.

Le fils de ce courtisan à la langue trop leste
et à l'âme trop sensible, suivit les princes en
émigration et ne rentra en France qu'avec eux.
Après son départ, le château, mis en vente
comme bien de proscrit, fut acheté par un
marchand de fagots du village, nommé Cadaroux, lequel fit l'emplette, comme de juste, à
un prix avantageux. Au moment ou l'aïeul
d'Albert, à peine revenu à Paris dans l'état-
major du comte de Provence, allait s'informer

2

s'il était possible de rentrer dans son bien, il vit poindre chez lui un bourgeois bien vêtu, à la mine papelarde, qui lui proposait le rachat, au prix coûtant, du château, du parc et des dépendances. Par précaution il apportait les titres de propriété dans sa poche. Cet exemple rare de probité arracha des cris d'admiration à tout le monde, et d'envie à quelques-uns moins bien partagés que l'heureux Sénac. Celui-ci voulait présenter son bienfaiteur, comme il l'appelait, à Sa Majesté, et ne parlait rien moins que de lui faire donner une sous-préfecture, le jugeant sur sa mine fort entendu aux affaires, ce qu'il était en effet. Mais le bonhomme refusa tous les honneurs et demanda seulement qu'on l'expédiât au plus vite, se disant fort pressé de regagner la « maisonnette » qu'il avait fait bâtir non loin du château. Admirant ses goûts modestes, le comte de Sénac lui fit compter la somme, serra les titres de la propriété redevenue sienne, et reconduisit lui-même son bienfaiteur à la diligence, avec mille cadeaux pour sa femme et pour ses enfants.

Quelques semaines plus tard, quand le trop

confiant gentilhomme fit à son tour le voyage pour contempler son domaine qu'il n'avait pas vu depuis vingt ans et plus, il trouva son parc, célèbre dans tout le Languedoc par ses chênes séculaires, tondu comme un champ d'avoine après la moisson. L'honnête Cadaroux avait négligé de lui apprendre qu'il avait coupé tout le bois qui pouvait servir, ne fût-ce qu'à fabriquer des échalas. Cette opération, accomplie sans bruit, avait remboursé deux fois l'acquisition, en dehors du remboursement en espèces. Résultat, en faveur de Cadaroux : deux cent bonnes mille livres, sans compter la « maisonnette » qui était et qui est encore un petit château ne faisant point trop mauvaise figure à côté du grand. Depuis ce temps-là, le brave homme fut connu dans tout le pays sous le sobriquet significatif de *Bouscatié* (coupeur de bois), que sa famille conservait encore à l'époque de cette histoire.

Voilà comment le Sénac d'alors entendait les affaires. Le nôtre, ou plutôt celui de Thérèse de Quilliane, se montrait fidèle aux traditions, même quant aux goûts de résidence. Mais, pour lui, l'éloignement, d'abord, ne fut pas volontaire. Privé très jeune de ses parents, il était tombé entre les mains, fort dignes d'ailleurs, d'un tuteur assez mûr et encore plus maniaque. Cet excellent vidame, ainsi qu'on l'appelait dans le Faubourg parce que le titre semblait fait pour lui, se croyait en pleine province durant les six mois qu'il passait à sa terre de Brie, à deux heures de Paris, jugeant Lyon, Toulouse ou Bordeaux comme des possessions coloniales, visitées seulement par les Mungo-Park et les René Caillié de son époque. Jusqu'à sa sortie du collège, Albert n'avait entendu parler de son domaine patrimonial que comme d'une île inconnue, habitée, sinon par des cannibales, au moins par des tribus étrangères à toute civilisation. De l'explorer par lui-même, il ne pouvait avoir l'idée. Le vieux tuteur, qui n'était pas solide et se croyait encore plus malade qu'il n'était, poussait les hauts cris quand son neveu demandait la permission d'aller dîner à Saint-Germain. En réalité, c'était le jeune qui était le tuteur de l'autre.

Quand le bonhomme fut tombé en enfance, accident qui suivit de près la reddition de ses comptes à son pupille, celui-ci eut quelque liberté, mais il n'en abusa point. Toutefois, poussé un beau matin par le démon des grandes aventures, il s'embarqua pour Sénac où il arriva sain et sauf, le soir même, un peu surpris que la route fût si peu longue et plus surpris encore qu'on entendît le français, ou à peu près, dans le département de l'Ardèche. A dire le vrai, la surprise alla jusqu'à la désillusion. Les fleurs, les arbres, les animaux, tout, jusqu'aux êtres humains eux-mêmes, ressemblait d'une façon désespérante à ce qu'Albert avait vu chez son tuteur, entre Meaux et Lagny.

Le château lui parut fort triste, non sans cause. Au dedans, les pièces dégageaient un parfum d'abandon qui serrait l'âme. Au dehors il pleuvait, ce qui empêcha le visiteur de jouir de son parc impénétrable autant qu'une forêt vierge, car, depuis les exploits de *Bouscatié I*er, les arbres replantés avaient eu tout le loisir d'emmêler leurs branches et de faire disparaître les allées, comme pour noyer dans l'oubli des jours néfastes.

Le village tout entier fit grand accueil au descendant des anciens seigneurs, sauf toute-

2.

fois les Cadaroux que ce retour malencontreux allait faire descendre au second rang, du premier qu'ils occupaient. Déjà on leur adressait leurs lettres au « château de Sénac », absolument comme si le vieux manoir n'eût été qu'une grange. On était loin du temps où Cadaroux, le coupeur de chênes, parlait de sa « maisonnette » en tournant dans ses doigts les bords graisseux de son feutre. Quant aux paysans, ils espéraient une restauration prochaine du souverain légitime, moitié par intérêt, moitié par affection traditionnelle pour une race qui ne leur avait fait que du bien, quand elle leur avait fait quelque chose. Mais Albert comprenait de reste qu'un de ses aïeux fût mort d'ennui dans cet endroit que l'absence de soleil rendait lugubre, ainsi qu'il arrive pour les plus beaux sites du Midi. La santé de son oncle lui servit de prétexte pour ne faire qu'une apparition à Sénac, prétexte assez fallacieux, car le vieillard était dans l'incapacité la plus absolue de distinguer les moustaches de la sœur Félicité, sa garde-malade, des moustaches plus longues mais non plus fournies de son beau neveu.

Cependant le jeune comte revint l'année suivante. Cette fois une lumière d'or inondait la
plaine, et le séjour lui parut ce qu'il était en
effet, c'est-à-dire une merveille d'éclat et de
pittoresque. Mais il avait à peine eu le temps
d'admirer le point de vue de sa tour, que les
métayers firent queue chez lui, sachant qu'il
ne fallait pas compter sur une longue visite
de leur maître. A la fin de la journée, quand
il additionna le total des sommes demandées
pour augmenter ou consolider les édifices, ré-
tablir les clôtures, améliorer les chemins, sans
parler de l'église qui menaçait ruine et de
l'école des sœurs mise en interdit comme insa-
lubre, le malheureux s'aperçut qu'il ne s'en
tirerait pas avec dix années de ses revenus. Le
domaine, à vrai dire, rendait peu de chose, à
moins qu'on n'y pratiquât le mode d'exploitation jadis employé avec tant de désinvolture
par le fondateur de la dynastie Cadaroux.

Devant cette pluie de réclamations bien autrement décourageante que la pluie du bon
Dieu, Albert s'enfuit de nouveau; mais, pour
le coup, il était désolé de partir. Le charme
de la tradition de famille, du nom fièrement

porté, de la chose possédée de tout temps par
d'autres lui-même, toutes ces voix, subitement éveillées, parlaient d'autant plus à
l'oreille du jeune homme, qu'on aurait pu le
définir : un cœur de poète dans une poitrine
d'aristocrate.

Ce fut donc avec le regret de l'exilé disant
adieu à sa patrie qu'il mit le pied dans
le bateau du passeur, pour aller prendre
le train sur l'autre rive du Rhône. Le
lendemain matin, il reparaissait à cheval au
Bois.

L'un de ses amis — précisément ce même
Quilliane dont il devait être un jour le beau-
frère posthume — l'interpella ironiquement au
détour d'une allée :

— Déjà de retour dans l'affreux Paris ! Est-
ce que, par hasard, ta haute philosophie s'ac-
commoderait encore mieux des poupées de nos
salons et des pantins de nos clubs, pour me
servir de tes expressions, que des chats-huants
et des loups de ton désert ?

— Pourquoi pas des autruches et des tigres ?
fit Sénac en riant. Cher ami, apprends que
mon désert est tout simplement un château

d'assez grand air, bâti dans un site à peu près
sans rival.

— Ce n'est pas ce que tu disais l'année dernière.

— Je n'avais pu sortir qu'avec un parapluie
et des sabots.

— Et cette année ?...

— Soleil magnifique. Seulement j'ai dû
m'enfuir, laissant ma cour pleine de fermiers
qui me demandaient de l'argent, au lieu de
m'en apporter. J'attendrai d'être riche pour
aller de nouveau toucher mes fermages.

Mais sa troisième visite devait apporter à
Sénac bien autre chose que de la pluie ou des
difficultés d'argent. Après deux années de cette
existence mondaine qu'il menait en mécontent,
révolté de son propre ennui, exaspéré du facile amusement des autres, Albert, encore une
fois, se mit en route pour Sénac. Vers huit
heures du matin, par un soleil de printemps
qui lui semblait un rêve de volupté après le
givre laissé la veille aux arbres du boulevard,
il prit place dans le bateau qui devait le conduire à l'autre rive du Rhône où, non sans
un peu d'orgueil, il voyait se dresser sa tour.

Déjà, sur le banc de bois grossier de l'embarcation, une jeune fille était assise à côté d'une sorte de paysanne endimanchée, qui devait être la duègne.

Un « vrai Parisien » eût à peine honoré d'un regard cette matineuse beauté, la jugeant trop campagnarde à son gout. Mais Sénac n'était pas de ceux qu'on flatte en les traitant de Parisiens. Le charme inattendu et violent qui se dégageait de sa compagne s'empara de lui par la surprise et le contraste, comme venait de faire le soleil de Provence.

Cette brune superbe avait la timidité que comportaient ses yeux noirs, brillants d'une flamme qu'elle n'aurait pu éteindre sous ses longs cils, même si elle l'eût essayé. Cela signifie qu'elle n'était point timide. Mais la hardiesse avec l'étranger n'est que la civilité puérile et honnête pour les femmes du Midi, quand la civilisation ne leur a pas encore donné l'hypocrisie.

Avant qu'on fût à cent mètres du bord, tout le monde causait dans la barque entraînée par le courant rapide le long du câble en fer jeté d'une rive à l'autre. Le vieux Signol, debout à l'arrière, les mains dans ses poches, son large dos appuyé au gouvernail, faisait assaut de bons mots avec la duègne. A l'avant, la jolie passagère toisait son compagnon, et jugeait à sa mise qu'il était pour le moins l'un des élégants de la place Bellecour, à Lyon, c'est-à-dire ce qu'elle connaissait de plus accompli dans le genre. Lui, de son côté, pensait avoir affaire à quelque fille de bourgeois cossu de la petite ville où le train l'avait déposé.

— Vous allez loin, monsieur? demanda la brunette à bout de patience, car il y avait au moins deux minutes qu'elle se taisait.

— Oh! non, répondit Albert. Je crois même que je serai arrivé avant vous.

— J'en doute, fit l'ingénue en montrant ses dents blanches. Je me rends dans ce château — elle désignait, assez fière, la maison de Cadaroux sur l'autre rive — pour y passer la journée avec une amie.

— Et moi, dit Albert en indiquant la masse imposante du vieux manoir, je me rends dans celui-ci pour y passer, tout seul, je ne sais combien de journées.

— Oh! bien, monsieur le comte, fit-elle un peu désarçonnée, le château où vous allez vaut mieux que celui où je vais.

— En temps ordinaire, c'est possible; mais le logis du seigneur Cadaroux vaudra mieux que le mien tout à l'heure, quand vous y serez.

Elle accepta la galanterie assez tranquillement; puis, sentant le besoin de réparer son impair:

— Vous devez me trouver bien sotte, dit-elle. Mais voilà ce qu'on gagne à ne point habiter son château. Le voisin en confisque le titre.

— Heureux quand il ne confisque pas autre chose! remarqua le jeune homme en songeant aux chênes de son aïeul.

Plusieurs mois après, Sénac était encore dans sa terre, et la jeune fille du bateau n'était plus une inconnue pour lui. Il savait son nom; elle appartenait à la petite noblesse du Dauphiné. Vingt fois il avait traversé le Rhône, sur le bateau du vieux Signol, pour aller voir Clotilde de Chauxneuve dans la gentilhommière assez pauvre qu'elle habitait avec son père.

La jeune fille, en revanche, ne venait plus
chez les Cadaroux, les jugeant indignes d'elle
depuis que le seigneur du lieu avait mis à ses
pieds sa tour et sa couronne. C'était encore
un secret, mais pour être comtesse de Sénac,
la belle Clotilde n'attendait plus... Du diable
si le pauvre Albert pouvait dire lui-même ce
qu'elle attendait !

Hélas ! la perfide gagnait du temps. Un
autre voisin de campagne, moins titré mais
non moins épris qu'Albert et dix fois plus
riche, la visitait à des heures différentes. La
belle avait si bien manœuvré que le châtelain
de la rive droite apprit du même coup qu'il y
avait, sur la rive gauche, un châtelain du nom
de Questembert, enrichi dans les affaires parisiennes, que cet homme possédait un fils, que
ce fils avait demandé la main de Clotilde, et
que Clotilde la lui avait donnée — pour tout
de bon cette fois.

En quelques heures, la passion du jeune gentilhomme se transforma en une haine furieuse,
non pas contre Clotilde seulement, mais contre
tout le sexe féminin pour lequel, déjà, il pro-
fessait moins d'enthousiasme que de défiance.

3

D'abord, il voulut se faire moine et choisit la Grande-Chartreuse, en raison de sa proximité. Mais il s'aperçut bientôt qu'au lieu de méditer sur la mort il méditait sur Clotilde de Chauxneuve ce qui était beaucoup moins utile pour l'autre monde et pas beaucoup plus agréable pour celui-ci. Alors il partit pour aller aux antipodes, se réservant d'y rester s'il y trouvait un pays sans femmes. Vainement une dépêche l'avait rejoint, comme son bateau quittait le mouillage d'Aden, lui annonçant que son vieil oncle était mort, et qu'il héritait d'un peu plus de cinquante mille livres de rentes. La pauvre Clotilde n'avait pas prévu ce coup-là, encore moins le suicide et la ruine de son beau-père, survenus presque en même temps, qui la mirent à la portion congrue. Sénac, devenu un beau parti, n'en continua son voyage que de plus belle.

Mais tout à coup il fallut retomber dans l'ornière de la civilisation. Un procès dangereux pour sa fortune le rappelait en France. Comme il s'agissait, pour cette fois, d'être indignement volé, il se mit en route, non sans avoir hésité longuement, car, même en suppo-

sant le procès perdu, il lui restait plus de
bien qu'il n'en fallait à un homme décidé à
finir sa race dans le célibat.

Quinze jours plus tard, il traversait l'Égypte,
gagnant Marseille, lorsqu'il fit la rencontre de
son ami Quilliane, venu au Caire pour soigner
le dernier poumon qui lui restait. Le poitri-
naire était accompagné de sa sœur, belle jeune
fille au regard poétique et profond qui partageait le dégoût d'Albert pour le monde. Ensemble ils parlèrent du néant des affections
humaines, tant et si bien que Sénac resta en
Égypte, oubliant son procès, qu'il perdit.

Puis Thérèse retourna dans son cloître, un
peu comme Régulus était retourné chez les
Carthaginois. Mais là s'arrête la ressemblance,
et l'on a vu que la jeune comtesse avait encore ses yeux, les plus beaux du monde,
quand elle fit, sur les bords du Nil, son second
voyage — qui était son voyage de noces.

III

Tandis qu'on attendait les jeunes mariés au faubourg Saint-Germain, ils reprenaient à peine le chemin de la France, rapportant de leur pèlerinage romanesque en Égypte, non seulement une foi plus ardente dans l'idéal, mais encore la conviction qu'ils l'avaient trouvé, qu'ils le possédaient, que leur tâche en ce monde était d'en montrer autour d'eux la bienfaisante lumière. Jamais deux êtres humains ne furent animés plus généreusement de cette bonne volonté qui n'est, hélas! un gage de paix que dans les cantiques des anges. Dans leur pieuse reconnaissance, ils brûlaient d'employer pour l'utilité et l'amélioration communes tous ces biens réunis en eux d'une façon si rare : les saintes croyances, l'honneur et l'éclat du nom, la for une, la supériorité de l'esprit et, enfin, l'amour, que chacun d'eux comprenait dans le sens le plus sublime, lui assignant, pour première base et pour meilleure manifestation, le dévouement *à l'autre* élevé jusqu'au dédain de soi-même.

Ils avaient décidé qu'ils passeraient leur première année à Sénac, dans une retraite qui ne risquait pas d'être oisive, car le château, à peu près inhabité depuis deux siècles, exigeait des réparations sérieuses. Ils y rentrèrent sans pompe, un beau matin, par un soleil aussi brillant que celui qui avait éclairé la première rencontre d'Albert et de Clotilde. Le vieux marinier les passa dans son bateau. Comme le mari de Thérèse lui mettait un louis dans la main :

— Vous payez plus cher qu'on ne m'a jamais payé, monsieur le comte, fit le bonhomme en découvrant sa tête grise.

Albert, frappant sur l'épaule de Signol,

répondit, les yeux éclairés par la joie :

— C'est que jamais ton bateau n'a rien porté d'aussi précieux que ce qu'il porte aujourd'hui.

— Bien parlé, notre maître ! dit le vieillard en s'inclinant de nouveau. Mais gageons que vous vous servirez de ma barque moins souvent qu'il y a cinq ans, à l'époque où vous aviez des affaires sur l'autre rive ?

— Veux-tu te taire, mauvaise langue ! dit Albert en souriant. Ne vois-tu pas devant qui tu parles ?

— Si fait bien, dit Signol, avec la faconde familière et un peu lyrique assez commune chez les gens du peuple en cette contrée. Je le vois, et je ne voudrais pas, pour vingt pièces d'or pareilles, que mes yeux se fussent fermés avant d'avoir été réjouis par la vue de la jeune maîtresse d'une vieille maison. *Celle-ci* a le regard d'une *dame*. Que Dieu la bénisse !

— Et qu'il pardonne à *l'autre* ! dit tout bas Thérèse à son mari en serrant sa main, tandis qu'il l'aidait à mettre le pied sur la rive.

A la petite porte qui s'ouvrait en bas du

parc sur le chemin bordant le Rhône, une
femme de cinquante ans, assez replète, rouge
à faire peur tant elle était émue, les yeux
remplis de larmes de joie, attendait les nouveaux arrivants. C'était Mrs Crowe, autrefois
institutrice, puis dame de compagnie de Thérèse. Avec une incroyable vivacité de mouvements, elle se jeta dans les bras de la jeune
comtesse.

— Comme vous avez tardé à revenir !
s'écria-t-elle en tâchant de comprimer ses sanglots. Comme vous m'avez laissée longtemps !

— Soyez tranquille, ma bonne Kathleen,
dit Thérèse en lui rendant ses caresses. Je suis
revenue pour ne plus repartir. J'aime déjà
Sénac plus qu'aucun lieu du monde.

Tous trois ensemble montèrent les sentiers
un peu raides, marchant lentement, par égard
pour la vieille Irlandaise appuyée au bras
d'Albert, qui commençait à la traiter, ainsi
qu'il l'avait promis, comme un membre
de la famille. Mais, quand on fut arrivé au
château, Kathleen, encore une fois, fut laissée
seule.

— Viens voir tout d'abord ce qu'il y a de

plus beau chez nous, dit tout bas Sénac à l'oreille de sa femme.

Et, comme un amant heureux, avide du tête-à-tête, il l'entraîna dans l'étroit escalier du donjon.

Parvenue sur la plate-forme de la tour, Thérèse eut un cri d'enthousiasme. C'était un jour de « grande vue », ainsi que parlent les gens du pays. Pour ses débuts, la châtelaine avait du bonheur. Comme si elle eût été prise de vertige, elle appuya sa tête sur l'épaule de son mari. Seuls, les éperviers qui planaient très haut dans l'azur pouvaient les voir, à peine visibles eux-mêmes. Dans un baiser, Albert murmura :

— Je savais bien que ce paysage te plairait.

— Il n'y a pas dans le monde entier, dit-elle, un autre point de vue comparable à celui-ci. Et cette magnificence est à moi, à moi, avec cet autre trésor, — sa petite main serrait le bras robuste d'Albert. — Ah! cher bien-aimé!...

Pour toute réponse, l'heureux Sénac posa ses lèvres sur les paupières de sa femme. Puis

il murmura doucement, d'une voix qui tremblait d'émotion :

— Le spectacle est à peine digne de tes
yeux, mon amour, et tu pourrais facilement
en trouver de plus beaux. Mais, ce que tu
chercherais en vain sur toute la surface du
globe, c'est un homme capable de t'aimer
comme je t'aime. Le crois-tu, maintenant? Le
crois-tu, enfin?

Elle se dégagea de son étreinte, saisit ses
mains et, le regardant bien en face :

— Tu viens après Dieu seul, dans mon
amour et dans ma foi. J'ai douté deux ans.
Mais il est si facile de croire en Dieu, et si
difficile de croire en un homme! Et puis, tout
conspirait à faire de moi une sceptique : le
passé, le hasard des circonstances, l'ignominie
et la méchanceté d'une créature...

— Ne parlons plus jamais du passé; ou du
moins parlons seulement du cher passé que
nous venons de revivre. Tiens! vois cette
étendue lumineuse qui s'offre à nous, ces
plaines, ce fleuve, ces montagnes immaculées,
ce soleil qui monte, radieux, dans un ciel sans
nuage. C'est notre avenir; il nous appelle :

3.

répondons-lui. Maintenant, il faut que je tienne les promesses que j'ai faites à moi-même encore plus qu'à toi...

— N'en tiens qu'une seule, chéri !

— T'aimer toujours ? Ceci n'est pas une promesse, enfant ! c'est ma vie, c'est l'air que je respire, c'est ma lumière. Je veux faire des choses plus difficiles que de t'aimer. Je veux prendre une revanche du monde qui m'a fait douter, pour un temps, de tout ce qui est bon ! Je veux lui montrer tout cela réuni en toi et couronné par ton bonheur. Mon but, c'est toi ; mon ambition, c'est toi ; mon occupation, et aussi ma récompense, ce sera toi, chérie ! Voilà mon programme ; qu'en dis-tu ?

— Il faut y ajouter ceci : faire beaucoup de bien aux autres.

— Je t'abandonne les autres ; je te garde seule pour ma part. Et maintenant, madame, venez visiter votre manoir, un peu délabré pour l'heure présente. Mais nous y aviserons.

Avec les cent vingt mille livres de leurs revenus combinés, la double charge d'un hôtel à Paris et d'une grande existence en province ne laissait pas d'exiger de sages précautions.

Pour la première fois, peut-être, on put voir
les inconvénients d'un ménage trop uni. Thérèse, avec son abnégation de compagne dévouée,
proposa de vendre l'hôtel, chose d'autant plus
facile qu'une grande administration désirait
l'acquérir, et de le remplacer par un appartement qui épargnerait un millier de louis
chaque année. Mais Sénac ne voulut rien
écouter.

— Vendre la maison où vous êtes née, qui
vous rappelle tant de souvenirs d'une noble
race éteinte, qui a vu les heures les plus
douces de ma vie, jamais! s'écria-t-il. D'ailleurs, je ne saurais supporter pour vous l'igno-
minieuse promiscuité des demeures actuelles.
Je ne veux pas qu'un malotru dévisage ma
femme dans l'escalier, en l'empestant de son
cigare.

— Ami, réfléchissez bien. Conserver cet
hôtel est une folie.

— En ce cas, notre sagesse des bords du
Rhône paiera nos folies des bords de la Seine

Mais la comtesse n'était pas femme à se laisser
vaincre en générosité par son mari. Comme
pour se faire pardonner l'hôtel Quilliane qu'on

la forçait à garder, elle décida que rien ne
serait épargné pour remettre le château de Sénac dans toute sa gloire, et, sans perdre un
jour, elle attaqua la grande entreprise résolu-
ment. Tous les maçons, les couvreurs, les plâ-
triers du pays, dans un rayon d'une lieue,
affluèrent au vieux manoir et le rendirent
bientôt inhabitable. Les peintres et les tapis-
siers vinrent de Paris, ainsi qu'un dessinateur
de jardins, grâce auquel tous les habitants
valides de la commune, et même un peu les
autres, manièrent la hache et poussèrent la
brouette dans le parc pendant plusieurs semaines. Thérèse avait la direction des travaux;
elle les conduisit avec le goût supérieur d'une
personne élevée parmi les souvenirs authen-
tiques de l'art le plus pur. Albert s'était réservé les fonctions de payeur général qui
n'étaient point une sinécure, bien qu'il s'arran-
geât pour n'avoir jamais de discussion avec ses
clients.

Vers le milieu de l'automne, tout fut terminé, et Sénac put s'enorgueillir d'être le gentilhomme le mieux logé de la Provence et du
Languedoc. Quant à savoir à quelle somme se

monta la dépense, rien n'est plus facile pour qui voudra s'en donner la peine, car on ne vit jamais comptable plus rangé. Tous les états, métrés, factures acquittées et documents quelconques remplissent quatre ou cinq tiroirs de sa bibliothèque. L'addition seule reste encore à faire.

La première série des invités à la pendaison de la crémaillère se composa des villageois et des pauvres des environs. La journée débuta par l'inauguration d'un établissement tout neuf, élevé dans un coin du parc séparé du reste de l'enclos, et comprenant une école, un logement pour les sœurs, avec un hôpital en miniature. C'était le cadeau de noces du comte à sa femme.

Un banquet, présidé par les châtelains continua la fête. Le soleil n'était plus très haut quand Albert se leva pour porter son toast. Il le termina en informant ses auditeurs qu'ils pourraient, chaque dimanche, revenir se promener et jouer aux boules sous ces ombrages.

Personne ne répondit, ce qui est une bonne fortune rare en pareil cas; mais en voyant les yeux de la plupart des convives mouillés de larmes, Thérèse et son mari eurent lieu de croire qu'ils venaient de résoudre la fameuse question sociale, tout au moins dans leur domaine.

Le lendemain ce fut le tour de la noblesse de la région; mais ici, les choses ne prenaient pas si bonne tournure. Sans s'en douter, le jeune ménage avait mis le feu aux quatre coins du pays en établissant la liste de ses visites avec des éliminations nombreuses. Quinze ou vingt familles qui travaillaient patiemment à s'anoblir depuis un demi-siècle, jugeant que rien n'est mieux fait que ce qu'on fait soi-même, poussèrent des cris de rage quand elles virent la calèche des Sénac filer devant leur porte sans faire halte. La chose produisit un si grand tapage que les gens de vieille roche eux-mêmes, du moins certains d'entre eux, jugèrent bon de prévenir les imprudents châtelains de l'orage qu'ils amoncelaient sur leurs têtes. Mais Albert tint bon et déclara que, ne s'estimant pas de moins bonne maison que ses ancêtres, il entendait ne pas se montrer plus coulant sur ses rela-

tions qu'ils n'eussent été. Rien ne put l'en
faire démordre.

Les dédaignés ne purent qu'aboyer à distance. Mais, avec les Cadaroux, dont l'habitation n'était séparée du château que par les
trente ou quarante maisons du petit village
le conflit devait être forcément plus aigu. Le
vieux *Bouscatié* Saturnin, devenu châtelain de
fait, en l'absence des châtelains de droit éloi-
gnés de leur domaine et à peu près oubliés
depuis trois quarts de siècle, ne s'était pas fait
d'illusion sur la conséquence que pourrait
avoir pour lui et les siens le retour des ci-
devant seigneurs du pays. Auprès de la demeure
grandiose, encore embellie, de ses voisins,
quelle mine allait avoir sa maison aux enjoli-
vures criardes, son luxe économique de petit
bourgeois? Que devenait, à côté des grands
équipages armoriés, à la livrée correcte, sa
calèche attelée d'un cheval massif, conduite
par un jardinier en casquette cirée, et que
néanmoins on commençait à saluer jusqu'à
terre? Cet homme dont l'ambition égalait l'intelligence, ce qui n'était pas peu dire, gros
marchand de bois, suppléant du juge de paix

du canton, membre de la minorité républi-
caine du conseil de sa commune, avait entrevu
l'avenir d'un seul coup d'œil, le jour où l'on
avait appris le mariage d'Albert et son intention de rouvrir le vieux château. Le soir même,
il était rentré plus sombre qu'à l'ordinaire
dans sa maison qui lui semblait subitement
devenue très petite, et, tout en chauffant ses
mains à la flamme du foyer modeste, il avait
prononcé d'une voix sourde cet oracle gros
d'orages :

— La tranquillité du pays est finie!

Alors, entre sa femme et sa fille suspendues
à ses lèvres, comme il arrivait toujours quand
Saturnin parlait, ce perspicace bourgeois en-
tama le chapitre de ses craintes.

La mère, matrone de soixante ans aux cheveux encore tout noirs, ne répondit rien; mais
ses yeux jetaient des flammes à chacune des
invectives que son mari lançait contre l'aristocrate maudit. Elle était Corse d'origine, ainsi
que le rappelait son prénom de Lætitia.
Cadaroux, lors d'un voyage qu'il avait dû faire
dans l'île pour son commerce de bois, l'avait
compromise, croyant avoir encore affaire avec

une montagnarde des Cévennes à l'humeur facile. Mais, quand il avait voulu revenir en France, laissant Ariane sur son rocher, toute une légion de frères et de cousins lui avait donné à choisir entre le mariage et un nombre fantastique de coups de stylet dans le cœur et de balles dans la tête. Saturnin avait épousé, comme de juste, et la belle Lætitia était devenue « maîtresse Cadaroux », sans être plus heureuse pour cela, disait la chronique du lieu, car les frères et les cousins n'étaient plus là pour protéger leur parente contre un mari souvent hargneux.

Reine Cadaroux, l'aînée des deux enfants, vieille fille atrocement aigrie par sa laideur et les déceptions essuyées dans plusieurs tentatives matrimoniales, était le portrait de son père au double point de vue du corps et de l'esprit. Quand il eut exhalé toute son amertume, elle dit à son tour :

— C'est la faute de grand-père. Il n'avait qu'à garder le château, puisqu'il l'avait acheté; voilà où mènent de sots scrupules.

— Ma fille, répondit le « magistrat », titre qu'il se donnait à lui-même, vu sa suppléance, les scrupules sont respectables. D'ailleurs, sache que le seul entretien des toits coûte à nos voisins un millier d'écus, bon an mal an. Fais le compte de la dépense depuis 1814, et tu découvriras que ton grand-père ne fut point un sot.

Le « fils Cadaroux », Fortunat par son prénom, membre stagiaire du barreau de Marseille, n'était pas là pour prendre part à l'entretien. C'était un grand jeune homme au teint pâle, au regard souvent perdu dans le vague, qu'on accusait de n'avoir pas l'esprit très solide, sous prétexte qu'il aimait à se promener tout seul, la nuit, en gesticulant et en parlant haut. La vérité est qu'il était au moins étrange, qu'il faisait des vers comme un félibre, et qu'il s'affranchissait volontiers de la présence de ses parents et de sa sœur, toujours prêts à faire assaut sur lui de moqueries et de querelles.

Fortunat, qui préférait une ballade à un dossier et les sentiers des bords du Rhône aux couloirs du Palais de Justice, n'était jamais longtemps sans faire une fugue à Sénac. La première fois qu'il y vint après l'arrivée du comte et de la comtesse, il tomba au milieu d'une discussion de famille, soulevée par la question de savoir si les Cadaroux préviendraient leurs nouveaux voisins, ou attendraient leur visite. Le père, chez qui le bon sens l'emportait quand il était à froid, tenait pour le premier parti. Reine éclata d'une indignation furieuse.

— Les prévenir ! s'écria-t-elle. Jamais ! Ce serait une honte ! D'ailleurs, ils ont plus besoin de nous que nous n'avons besoin d'eux.

— *Mère*, qu'en penses-tu ? demanda le vieux à sa femme.

Lætitia, toujours en extase devant son fils, lui renvoya l'interrogation.

— Qu'en pense l'*enfant* ? dit-elle.

— Je pense que vous n'avez pas le choix, fit le jeune homme avec un pli amer aux lèvres. Il dépend bien de vous de les prévenir, mais non pas qu'ils vous préviennent. S'ils avaient dû nous visiter, ils n'auraient pas attendu si longtemps. Je regrette de ne pas voir la comtesse, qu'on dit si belle !

— Tu lui feras des vers sur sa beauté,

ricana Reine d'une voix qui sonnait faux comme un instrument hors d'usage.

— Peut-être ! répondit Fortunat, les yeux fixés dans le vide, si elle est telle qu'on le dit.

Mais, presque aussitôt, il soupira, songeant à la famille dont il sortait. Cadaroux *Bousca-tié* ! Ce sobriquet passé en usage dans tout le pays, attaché désormais à son nom avec le souvenir d'un ancêtre sans conscience, le séparait pour toujours des Sénac, lui et les siens. Et non pas des Sénac seulement ! Dans l'exagération douloureuse qui avivait chacune de ses impressions et dont il souffrait depuis son enfance, il croyait voir autour de lui comme une barrière d'infamie, le séparant de tout ce qui était noble, juste et bon. De là ce trouble fiévreux de l'esprit, cette recherche de la solitude qui le rendait pour tout le monde, pour ses parents eux-mêmes — sauf pour sa mère — un personnage incompris, suspect, voué à quelque malheur prochain.

Ce jour-là, il ne fut pas question plus longtemps des Sénac ; mais un incident qui suivit de près cet entretien alluma définitivement la guerre entre les deux familles, guerre sans merci d'un côté, et dont les conséquences redoutables ne furent d'abord prévues par aucun des partis belligérants.

Les Cadaroux, sans tenir compte d'un voisinage quelque peu gênant pour leur vanité, continuaient à se faire adresser leur courrier « au château de Sénac ». Un matin, le facteur trompé par la suscription d'une lettre destinée à Reine, la remit dans les mains du concierge, à la grille du véritable château. L'erreur fut découverte par Albert.

— En vérité, dit-il en riant, cette brave demoiselle mérite une leçon.

Et, prenant sa plume, de sa large écriture il mentionna sur l'enveloppe :

« Inconnue au château de Sénac. »

Il ne se doutait pas que les cinq mots qu'il venait de tracer lui coûteraient cher.

Le lendemain matin, le facteur tout tremblant rapporta la malencontreuse lettre à sa destinataire, qui faillit s'évanouir de rage à la vue de la méprisante annotation. Le premier soin de cette bonne âme fut de mettre le père Cadaroux en demeure de provoquer la destitution du facteur coupable. Saturnin, sans répondre, se promenait de long en large, les mains dans ses poches, secouant sa grosse tête, ainsi qu'un taureau qui hume les émanations dans l'arène, avant de choisir son ennemi.

Fortunat, qui éprouvait pour sa sœur une antipathie instinctive, dit alors tout haut :

— Ce serait peut-être le moment d'aller faire notre visite au comte et à la comtesse. Pourvu, seulement, que nous ayons autant de chance que les lettres de Reine, et que nous puissions passer les grilles !

Le vieux Cadaroux interrompit sa promenade, et tournant vers Fortunat son regard effrayant de haine, il répondit :

— J'ai quelque idée que nous les passerons un jour. Comment ? je l'ignore. Mais il faudra qu'elles s'ouvrent, ou je perdrai mon nom.

— Plût au ciel que nous puissions le perdre ! murmura le jeune homme à demi-voix.

Saturnin marcha sur son fils les poings fermés. La mère s'élança entre eux. Plus d'une fois dans sa vie elle avait dû jouer ce rôle de barrière vivante.

Peu de jours après, le premier épisode pu-

blic de cette lutte anti-féodale marqua le
commencement des hostilités. A la messe du
dimanche, le curé s'étant permis, selon l'habitude reprise, d'offrir l'eau bénite au banc
seigneurial occupé de nouveau, Saturnin
Cadaroux se plaignit à l'autorité diocésaine de
la « révoltante obséquiosité » du desservant.
L'évêque s'étant récusé, madame et mademoiselle Cadaroux cessèrent de paraître à l'église.
Quant au père et au fils, depuis leurs jeunes
années, ils en avaient oublié le chemin.

Cependant le bonheur de deux êtres privi-
légiés, pour qui le reste du monde, même *leur
monde*, semblait exister à peine, semblait, à
l'égal de la vieille tour, défier toutes les tentatives de l'envie. Sénac et sa femme, le premier surtout, s'habituaient de plus en plus
à l'horizon factice de la vie qu'ils s'étaient
faite et, probablement, l'indifférence un peu
fière, la recherche d'isolement physique et
moral que leurs amis mêmes blamaient en
eux, n'étaient en grande partie que le désir
d'être dérangés le moins possible de leur rêve.

Il est vrai que chaque jour, durant plusieurs heures, Thérèse rentrait forcément dans

la vie réelle pour visiter ses pauvres, son école
et son hôpital, dont elle était la première sœur
de charité. Mais, pour cette créature parfaite
et raffinée dans la pratique du bien, c'était
quitter l'Éden terrestre pour gagner les ré-
gions d'une charité tout idéale, car aucune
voix discordante n'en troublait l'harmonieuse
sérénité. Parmi ces enfants soustraits à toute
influence contraire, parmi ces malades, hon-
nêtes villageois presque toujours légèrement
atteints, la comtesse apparaissait comme une
sainte, universellement adorée, bénie, indis-
cutée. On aurait cru, elle pouvait croire elle-
même qu'elle avait découvert le secret inconnu
ici-bas de la lumière sans ombre. Tous ces
bambins se levaient à son entrée, avec un
respect poussé jusqu'à une sorte de culte,
habitués à voir en elle un être supérieur,
omnipotent. Et quand elle traversait la salle
bordée d'une demi-douzaine de lits éclatants
de blancheur, nul ne doutait qu'elle n'ap-
portât la guérison dans l'or de ses cheveux et
dans l'azur de son regard, souvent voilé
d'un mystère étrange et très doux. Elle semblait vouloir faire à ces malheureux et à ces

petits l'aumône de tout ce qu'elle avait, même
de sa beauté, à voir la simple élégance dont
elle parait sa personne, le sourire charmant
dont elle éclairait son visage, quand elle fran-
chissait la petite porte surmontée d'une croix
qui s'ouvrait dans son parc et dont, seule, elle
avait la clef.

Son mari l'accompagnait jusqu'à cette porte,
jamais plus loin.

— Laisse-moi mériter quelque chose, lui
disait-elle, en sacrifiant pour une heure la
joie d'être avec toi.

Un jour, la prenant dans ses bras comme ils
allaient se séparer, Albert murmura :

— Comme tu es belle, ma sainte bien-
aimée ! Sais-tu que je suis jaloux de tes malades ? Quelque jour, j'irai me mettre sous les
rideaux d'un de leurs lits pour voir dans tes
yeux la compassion tendre, la divine tristesse
pour ceux qui souffrent...

— Tais-toi ! dit-elle, une main sur la bouche
de son mari. Puisses-tu ne voir jamais dans
mes yeux que ce que tu es habitué d'y
voir !

— L'amour ? demanda-t-il, agenouillé.

4

— Pour toute la vie, jusqu'à mon dernier soupir, répondit Thérèse. Ensuite, pour toujours, toujours, toujours !... et maintenant, laisse-moi : nous dérobons la part sacrée des pauvres.

IV

Plusieurs mois s'écoulèrent dans un bonheur qui ne tarda point à subir la grande loi des réactions humaines.

Depuis l'achèvement des travaux de restauration, les ouvriers du pays se jugeaient lésés parce qu'ils ne pouvaient plus, chaque samedi, tendre leurs deux mains à une paye facilement gagnée. Les malades se plaignaient que la comtesse les contraignît à se faire soigner dans son hôpital — nom odieux à tous les gens du peuple, quels qu'ils soient — au lieu de leur envoyer ses couvertures et son vin de Bordeaux à domicile.

Quant à l'école, depuis qu'un établissement
communal s'était élevé par les soins de Cadaroux « conformément à la loi », les parents,
libres de choisir, croyaient faire une faveur
en maintenant leurs marmots chez les sœurs.
Ils oubliaient déjà la soupe dont elles bour-
raient les pauvres, les confitures dont elles
couvraient les tartines des plus aisés. Soupe et
confiture semblaient chose due.

La « seconde société » jetait sur la tour de
Sénac les mêmes regards tendres que les bourgeois de la rue Saint-Antoine jetaient sur la
Bastille, dans le bon temps, mais pour des
motifs contraires. La prison s'ouvrait trop facilement. Le château faisait trop de façons à
s'ouvrir. Enfin les élus de la vieille noblesse
reprochaient à ces nouveaux venus dans leur
ciel de faire bande à part et de n'en agir
qu'à leur tête. Ces jeunes fous, ennemis de
tout conseil, n'avaient demandé l'avis de personne sur les restaurations de Sénac, pas
même celui du chanoine Calvisson, connu par
ses travaux archéologiques, sans lequel pas
un des châtelains du pays n'eût osé remplacer une espagnolette. Comme pour mieux

affecter l'indépendance, ils avaient tenu leur
maison hermétiquement fermée jusqu'au départ du dernier tapissier. Leur écurie s'était
montée, Dieu sait comment, car le général
de Lavaudieu, président né des comices, des
concours et des courses dans un rayon de
vingt lieues, n'avait pas même eu l'occasion
d'entretenir Albert des cochers, des palefre-
niers, des chevaux de selle ou d'attelage, des
voitures d'occasion qu'il avait promis de caser
chez « son jeune voisin ». Avec la même désinvolture on avait dessiné le parc sans con-
sulter les Bressange, dont les charmilles séculaires et les cascades naturelles attirent chaque
année des centaines de touristes lyonnais.
Enfin Thérèse n'avait jamais parlé à qui que
ce fût, pas même à ses proches voisines, des
doutes que pouvait lui inspirer la vertu de sa
femme de chambre ou la conscience de son
cuisinier.

Les sujets ordinaires de l'intérêt de leurs
voisins ne parvenaient point à les échauffer,
tantôt parce qu'il s'agissait d'individus ou
d'incidents ignorés d'eux, tantôt parce que les
aliments dont se contentaient les autres ne

4.

pouvaient suffire à leur esprit. Malgré sa po-
litesse, Albert, qui avait chassé le tigre en
battue chez les rajahs, manquait d'enthousiasme au récit des prouesses des Nemrods
languedociens. Les péripéties d'un voyage en
sleeping-car semblaient un peu terre à terre
à ce couple qui avait remonté le Nil en dahabieh. Et les romans du cru ne pouvaient manquer de faire bâiller — intérieurement — une
jeune femme dont le mariage était la plus
poétique des histoires d'amour, commencée
parmi les ruines de Louqsor et finie sur le seuil
d'un cloître ; lutte émouvante, où le ciel et la
terre semblaient s'être disputé son cœur.

En somme, le nouveau ménage n'avait point
d'amis. Les vingt ou trente personnes qui fré-
quentaient les Sénac sur le pied d'une intimité apparente disaient d'eux :

— Ils sont charmants, mais on ne sait de
quoi leur parler, tant ils ont l'air de gens
débarqués le matin de l'Australie. Et puis,
ils s aiment trop !

Peut-être qu'en effet ils s'aimaient trop.
Peut-être qu'il n'est pas bon de trop aimer,
de même que, dit-on, ce n'est pas un bien

que d'être trop riche. Hélas! du train où vont les choses, grandes fortunes, grandes amours ne seront bientôt plus guère à craindre!

Albert de Sénac ne songeait pas à se demander s'il aimait trop sa femme. Il lui donnait, en fait d'amour, ce qu'il avait promis, et ce n'était pas peu dire. Mais surtout, il ne bornait pas son mérite à l'aimer beaucoup, voire même à l'aimer trop. Il l'aimait pour elle, et trouvait toujours, parce qu'il s'y appliquait constamment, la façon dont elle souhaitait d'être aimée.

La chose est moins facile et plus importante que ne supposent la plupart des maris. Combien songent seulement à se demander quelle sorte de femmes ils ont prises?

Et Sénac lui-même avait-il bien deviné ce qu'était cette grande et belle personne entourée du nimbe aérien de ses cheveux d'or, toujours grave quand elle souriait, jamais plus attirante que quand elle faisait attendre son sourire? Avait-il déchiffré l'énigme de ces yeux qui variaient, comme incertains entre deux infinis, de l'azur du ciel au reflet verdâtre des flots sans rivage? Certes, la jeune

épouse ardemment aimée n'avait point gardé
dans tout son mystère ce nimbe idéal et mystique en présence duquel le désir terrestre
s'intimidait ; mais, en devenant femme, en
touchant la terre du bout de son pied charmant, elle conservait encore ses ailes frémissantes.

Plus d'un, à la place d'Albert, eût mis un
voluptueux orgueil à couper les ailes de l'ange
et à faire mourir dans ces yeux superbes toute
autre lueur que celle d'une flamme terrestre.
Mais il se souvenait de la façon dont il parlait
de son amour, promettant qu'il serait un culte,
à l'époque où Thérèse de Quilliane hésitait encore entre Dieu et lui. Maître de son idole
pour toujours, il montrait, sous des paroles
plus ardentes, le même besoin de croire et
d'adorer.

— Va ! disait-il. Je sais bien que tu t'en-
voles plus haut que mes caresses. Eh bien !
pars, quitte la terre ! prends ton essor ! Si haut
que tu t'élèves, il faudra que tu m'emportes,
enchaîné à toi.

La Révérende Mère de Chavornay, avec le
tac et l'intelligence qu'elle mettait en toutes

choses, continuait à veiller discrètement sur
son neveu, sachant que c'était le meilleur moyen
de veiller sur sa nièce. Un jour, elle écrivit
une longue lettre pour inviter le jeune gentilhomme à prendre, ou tout au moins à préparer sa place parmi les personnages politiques
de son pays. En dehors du devoir qu'elle évo-
quait sans exagérer l'enthousiasme, elle s'a-
vouait préoccupée du péril funeste de l'oisiveté,
trop complète depuis que les travaux de Sénac
étaient à leur terme.

« Pour l'homme en général, l'oisiveté est la
mère de tous les vices, concluait la sage religieuse. Pour un mari, c'est la mère de tous
les dangers. »

Mais la politique, surtout celle d'aujourd'hui,
froissait toutes les aspirations de ce rêveur
idéaliste.

— Votre tante n'y songe pas, dit-il à sa
femme. Quoi ! il me faudrait courir les caba-
rets et flagorner les électeurs comme un simple
Cadaroux ! Et, quand ils m'auraient donné
leurs voix, — s'ils daignent me les donner,
— j'accepterais leur argent pour travailler à
leur bonheur ! Grand merci ! D'ailleurs je n'ai

pas le temps, et madame de Chavornay me fait rire quand elle s'imagine que je suis oisif. Il n'est pas sur la terre d'homme plus occupé que moi. J'ai la plus grande et la plus chère des tâches : celle de votre bonheur. J'y mets ma gloire et mon ambition. Et si j'apprenais demain qu'il existe une autre femme plus heureuse que vous, je retournerais aux Grandes Indes pour y cacher ma honte.

— Allez ! vous pouvez brûler votre vaisseau ! répondit Thérèse, la main dans celle de son mari.

Cependant la première année de leur mariage touchait à sa fin. Le vieux château éveillé de sa longue léthargie, habilement complété, discrètement pourvu de toutes les commodités, de toutes les élégances modernes, pouvait passer pour le type de l'habitation d'une grande dame française à la fin du XIXe siècle. Thérèse n'avait eu garde d'y faire entrer ni un meuble, ni un bibelot nouveau; mais elle avait tiré si bon parti des richesses découvertes dans ces vieux murs, qu'on aurait dit qu'elle les avait multipliées. Si elle avait eu besoin d'une récompense, elle l'aurait trouvée dans l'enthousiasme de son mari, gagné chaque jour d'une passion de plus en plus grande pour cette demeure qui portait son nom, qui résumait des siècles de souvenirs et qu'il aimait, surtout, parce qu'il la tenait en quelque sorte des mains de sa femme bien-aimée.

Il aurait de bon cœur passé sa vie tout entière dans ce séjour où le monde n'entrait qu'à certaines heures, comme ces troupes de comédiens choisis qu'un amoureux appelle de temps en temps, pour faire sourire sa maîtresse. Et cependant, vers le commencement de l'hiver, il parla, non sans un soupir, de la nécessité de retourner à Paris dans quelques semaines.

— Pourquoi faire? demanda la comtesse. Vous n'allez pas, j'imagine, me présenter à la cour ?

— Non, répondit Albert en posant les lèvres sur la main de sa femme; car c'est vous, précisément, qui serez la reine.

— Ah! cher, je me contente du royaume de Sénac, où la restauration s'est opérée, en somme, assez facilement. Mais retourner là-bas! Quitter le nid où nous sommes heureux, où rien ne nous manque, pour ce vieil hôtel fermé depuis si longtemps!...

— Craignez-vous que les araignées de Paris
n'aient la vie plus dure que celles de Sénac?

— Ce sont plutôt les mouches qui me font
peur, les odieuses mouches mondaines qui
viendront se poser sur notre bonheur et en
troubler le rêve.

— Un rêve? Le vilain mot! Quand je
m'imagine que tu m'aimes, c'est donc un
songe creux? Demande-moi pardon!

Le pardon demandé par un regard et donné
par un baiser, Sénac reprit :

— Moi aussi, je déteste les mouches; mais
j'ai appris qu'elles sont peu à craindre dans
l'air des lieux élevés. Est-ce que nous ne
vivons pas au-dessus des petitesses humaines,
sur un sommet? Écoute. Nous n'avons pas
plus le droit de laisser en friche une partie
de notre héritage moral que de permettre à la
ronce d'envahir un de nos champs, ou à nos
voisins de s'en emparer. Ceux qui naîtront de
nous pourraient nous faire le reproche de les
avoir amoindris. Et d'ailleurs, penses-tu être
moins utile en donnant le bon exemple aux
Parisiennes de ton monde qu'en soignant la
fièvre des paysannes d'ici?

A ces arguments d'ordre supérieur, il en joignit d'autres plus particuliers qu'il ne supposait pas devoir être les moins efficaces : l'hôtel du quai d'Orsay, précieuse relique du passé, qui réclamait la descendante de ses nobles possesseurs ; la Révérende Mère de Chavornay qui n'avait pas vu sa nièce depuis un an. Bref, jamais avocat désireux de gagner une cause ne fut plus ingénieux à la faire valoir sous toutes ses faces.

D'abord Thérèse éluda la réponse. Il était facile de voir que la perspective de quitter Sénac lui déplaisait d'une façon absolue. Mais ce qu'elle montrait moins, c'était le chagrin que lui causait Albert, en marquant lui-même la fin d'un bonheur parfait. A dater de ce moment, les grands yeux de la jeune femme prirent une expression de tristesse qu'elle s'efforçait en vain de cacher derrière les sourires d'autrefois. On la vit chaque jour parcourir la longue galerie du château, dont elle avait fait une merveille, s'enfoncer, quand son mari n'était pas là, dans les allées du parc où commençaient à s'ouvrir les bourgeons. Elle disait adieu tout bas à ces choses

5

qu'elle aimait, qui étaient deux fois siennes.

— Hélas ! nous allons partir, et c'est *lui*
qui le veut, l'ingrat !

Il voulait partir, en effet. Chaque matin il
prenait la décision d'aborder le sujet du retour
à Paris et de ne point le quitter qu'une date
précise ne fût arrêtée. Mais depuis qu'il
s'agissait de défendre quelques jours de son
bonheur, la plus loyale des créatures, la plus
incapable de dissimuler, semblait avoir acquis
subitement l'instinct du détour et de la ruse,
tant elle se dérobait à l'entretien ou le faisait
dévier avec une habile souplesse. Tout à coup,
au moment où Albert, cachant dans son
cœur la plus amère des angoisses, tenait conseil avec lui-même sur la meilleure façon de
brusquer le dénouement, Thérèse elle-même
reprit la question. En cinq minutes, le départ
fut organisé à bref délai. Tout s'agita dans le
château. Le comte et la comtesse rivalisaient
d'ardeur, chacun de leur côté, pour venir à
bout le plus vite possible des préparatifs ; si
bien qu'on aurait cru voir deux époux également empressés à fuir un lieu témoin de
querelles sans nombre. Et cependant tous deux

quittaient Sénac la mort dans le cœur, ainsi
qu'ils auraient quitté le paradis terrestre, avant
le péché.

Il est temps d'expliquer le secret de cette
conduite étrange, ou plutôt *les secrets*, car
Thérèse de son côté, Albert du sien, tenaient
à regagner Paris, à fuir la province, pour
des motifs qu'ils se cachaient soigneusement.
Ainsi, au bout d'un an de mariage, entre ces
deux êtres qu'unissait toujours la tendresse
la plus ardente, déjà cette ombre se dressait,
invisible aux yeux du monde : — un double
secret.

V

Pour commencer par le secret d'Albert,
voici l'aventure qui lui était arrivée, quelque
temps après l'épisode de la lettre renvoyée, —
un peu rudement peut-être, — à mademoiselle Cadaroux.

Comme Sénac se rendait à cheval au bourg
de V..., chef-lieu fort modeste de son canton,
il fut arrêté par un homme à l'air triste,
proprement mais pauvrement habillé, qui,
chapeau bas, déclara se nommer Corbassière,
sans autre explication. Le cavalier rendit le
salut, pria Corbassière de se couvrir et invita

cet homme poli à décliner ses titres, ajoutant
par manière d'excuse qu'il habitait depuis peu
le pays et n'y connaissait pas grand monde.

— Monsieur le comte, répliqua mélancoliquement l'inconnu, bien des gens voudraient
pouvoir dire comme vous, qu'ils ne connaissent
pas Corbassière, l'huissier du canton. Daigne-
rez-vous me faire l'honneur d'entrer dans mon
étude?... Nous sommes devant la porte, et, si
l'on vous voyait en conférence avec moi, les
gens pourraient s'étonner.

Albert, qui n'avait jamais vu d'huissier qu'au
théâtre où, d'ordinaire, on les peint sous des
couleurs moins douces, fut agréablement surpris de cette aménité. Il suivit Corbassière dans
son étude qui se composait d'une seule pièce
carrelée en briques, prenant jour sur la rue au
moyen d'une porte vitrée, coupée à hauteur
d'appui. Des affiches multicolores couvraient
les murs passés à la chaux. Une table en bois
noir, quatre ou cinq chaises de paille, un casier
presque vide, formaient tout l'ameublement
auquel, pour compléter l'inventaire le plus
minutieux, il faut joindre une sacoche, un parapluie, un manteau imperméable. pendus à

des clous, et, dans le coin le moins en vue, une paire de bottes pour les exploits à distance, les jours de pluie.

— Monsieur, continua Corbassière en sortant de sa poche un portefeuille long et étroit, votre présence me tire d'un embarras pénible. J'ai reçu ce matin, d'un confrère de Paris, un... une... Enfin j'allais être obligé de me rendre à Sénac, et je vous jure que cela m'aurait causé plus de peine qu'à vous.

Albert fut sur le point d'éclater de rire au nez du brave homme qui craignait de mettre le château sens dessus dessous par sa simple apparition.

— Si je comprends bien, demanda-t-il en faisant appel à tout son sérieux, vous voulez me faire la signification dans votre étude, au lieu de me la faire chez moi. J'accepte et j'apprécie la délicatesse du procédé. Mais, s'il vous plaît, de quoi s'agit-il? Je pensais n'avoir plus de procès jusqu'à ma mort.

— Quant aux explications, monsieur le comte, je ne saurais vous en donner. J'ai reçu la pièce toute préparée et n'ai eu qu'à la signer : la voici.

Albert prit le grimoire, un manuscrit de

plusieurs pages, d'une écriture peu lisible. Toutefois, avant de le mettre dans sa poche, il discerna sommairement qu'on le citait, lui et quelques autres, à comparaître devant le tribunal correctionnel de la Seine pour entendre prononcer l'annulation, avec toutes ses conséquences, d'une société dont on l'avait nommé jadis administrateur, un peu malgré lui.

— Figurez-vous, monsieur l'huissier, dit-il, que j'ai déjà payé cent mille francs pour ma part de responsabilité dans cette entreprise que je croyais morte et enterrée. Dans quel but la demande en annulation que voici ? Va-t-on me rendre mon argent, si l'affaire est annulée ?

— Cela m'étonnerait, fit l'huissier. On ne nous dérange guère, nous autres, pour opérer des restitutions. Du reste, M. Cadaroux vous renseignerait, car il doit être au courant. Tout à l'heure, il s'informait si l'avoué de Paris chargé de la procédure ne m'avait rien envoyé pour monsieur le comte.

Au seul nom de Cadaroux, dont il devinait l'hostilité, sans l'avoir jusqu'ici constatée ouvertement, Sénac flaira quelque mauvaise chicane et cessa de croire qu'il s'agissait de rentrer dans son argent. Comme c'était l'heure du courrier, il emprunta une enveloppe à l'obligeant Corbassière, y renferma la citation avec trois lignes au crayon sur sa carte, et adressa le tout à son avocat de Paris ; puis il regagna sa demeure et ne dit rien à Thérèse, de peur de l'inquiéter. Quarante-huit heures après, cette réponse lui arrivait :

« Ou cette citation est une mauvaise plaisanterie, ou elle est un coup assez dangereux. Si, comme le prétendent nos adversaires, évidemment conseillés par un habile homme, les actions de cette malheureuse société n'ont pas été régulièrement souscrites à l'origine, les fondateurs doivent rembourser l'argent sur leurs deniers. Trois millions, ce serait déjà sérieux s'il s'agissait d'un groupe solvable. Mais je me doute bien que les autres fondateurs ont disparu ou sont ruinés. Conclusion : il faut étudier l'affaire de près, sans nous endormir, et ne pas recommencer l'expérience du dernier procès. Vous voudrez bien vous souvenir que je vous avais pressé d'être à l'audience et, à dire le vrai, je n'ai jamais bien compris comment,

étant parti des Indes tout exprès, vous êtes
resté deux ou trois mois au Caire, me laissant
plaider tout seul, ce qui a réussi comme vous
savez. Nous ne recommencerons pas cette
fois-ci, d'autant que, dans l'occasion, il s'agit
d'une infraction à. la loi sur les sociétés et que
vous êtes, pour appeler les choses par leur
nom, un accusé sur la sellette. Le printemps
va sans doute vous ramener. En attendant, je
fais traîner la procédure, jusqu'à ce que nous
ayons pu causer et nous entendre. »

Vers la fin de l'année, l'avocat d'Albert, le
fameux Guidon du Bouquet, revint à la charge :

« Qu'est-ce que c'est qu'un certain Cadaroux que je trouve toujours dans mes jambes
quand je sollicite une nouvelle remise? Il est
facile, d'ailleurs, de voir clair dans le jeu de
ce brave homme. Soyez-sûr qu'il aura racheté,
pour le prix du papier, tout le paquet des
actions des *Ciments coopératifs*. Supposez l'annulation prononcée et le remboursement du
capital effectué, il encaisse peut-être deux millions pour son compte. Quoi qu'il en soit,
nous ne pouvons guère tarder davantage à

comparaître. S'il ne vous convient pas de quitter le Midi à cette époque, venez du moins pour une semaine ou deux, car j'ai à vous conseiller des démarches que vous seul pouvez faire. »

Sénac ne voulait même pas imaginer cette séparation momentanée, sans compter que Thérèse n'y eût pas consenti. Certes, rien que par un mot, il pouvait la décider à partir dans les vingt-quatre heures; mais, par ce seul mot, il faisait évanouir tout un côté du mirage auquel il avait si doucement habitué ces yeux chéris. Fallait-il déjà laisser voir les avilissantes inquiétudes, les misérables soucis d'argent, qui creusaient la plus banale des ornières sur la route à peine commencée de deux êtres heureux? Ah! s'il s'était agi d'un devoir à remplir, d'un service à rendre! Cette femme au cœur noble eût été la première à tout sacrifier. Albert la voyait encore oubliant ses goûts, ses désirs, même la vocation qu'elle croyait avoir, pour suivre en Égypte son frère menacé.

Mais il se souvenait aussi de leurs entretiens dans le boudoir de la petite maison du Caire, ou sur le pont de la dahabieh qui les

emportait ensemble entre les rives du Nil aux
vagues violettes. Avec quel heureux étonnement, avec quels yeux brillants d'enthousiasme Thérèse de Quilliane écoutait ce Messie,
annonçant la bonne nouvelle de l'amour sans
partage, sans dérangement! A cette époque, il
raillait comme une honte l'étroite existence
imposée par l'organisation présente aux plus
libres et aux plus riches. Il se moquait de ces
amoureux prêts à mille morts, — en théorie,
— obligés, en réalité, de répondre vingt fois
par jour à la reine de leur cœur : « Cela coûte
trop cher! » ou : « Je n'ai pas le temps! »
Quoi! quelque chose de plus précieux que
l'amour! Quoi! l'être aimé cédant la place à
d'autres intérêts, à d'autres soucis! Non, ce
n'était pas ainsi qu'Albert de Sénac entendait
donner son cœur. Et lorsqu'il avait fallu choisir
entre un souhait formé par Thérèse et le
risque d'une grosse somme, conséquent avec
lui-même, il n'avait point hésité. Laissant le
bateau continuer sa route vers la France, il
était resté en Égypte. Ah! ces cent mille
francs perdus! N'était-ce point à eux qu'il
devait d'avoir conquis sa femme?

Qu'allait-elle dire aujourd'hui, le voyant suivre une conduite si différente? Ce rêve atteint de la parfaite union de deux êtres, ce bonheur composé du plus délicieux égoïsme et de la plus pure charité, c'était lui-même qui devait s'avouer impuissant à le faire durer davantage! Lui-même devait montrer les banales nécessités de la vie l'étreignant, s'emparant de lui comme elles s'emparent de tous les autres! Lui-même devait dire :

« Ici nous trouvons la félicité complète; mais nous ne pouvons y rester. Nous n'avons pas le temps d'être heureux. Il pourrait nous coûter cher le doux tête-à-tête plus longtemps continué, tandis que la rude voix de la réalité nous appelle! »

Sénac n'avait point eu le courage de ce pénible aveu qui le découronnait, du moins il en jugeait ainsi, avant que la première année de son mariage eût pris fin. Partir, soit, puisqu'il faut s'éloigner, au moins pour quelques semaines. Mais que Thérèse ignore la véritable raison du départ; que toute inquiétude, même passagère, soit écartée de son cœur!

Et maintenant, après le secret du mari,

voici le secret de la femme, non pas le moins lourd des deux.

Fortunat Cadaroux, né d'un descendant des abatteurs de croix et d'une fille superstitieuse de la Corse, offrait ce type étrange, résultat dangereux du défaut d'équilibre entre l'imagination et le jugement, dont l'analyse passionne certains maîtres d'aujourd'hui. La nature l'avait marqué d'un sceau tout féminin d'inconséquence, mais, pour cette fois, la nature s'était complu à mettre la logique en déroute au profit des bons instincts, ce qu'elle fait rarement. L'atmosphère étroite et malsaine d'un intérieur bourgeois, l'éducation dévoyée d'un collège de province, les amitiés et les plaisirs de Marseille où il avait étudié le Droit et pris son inscription d'avocat, le sang révolutionnaire qu'il avait en lui, rien n'avait pu faire de ce jeune homme ni un bellâtre oisif et corrompu, ni un incapable frotté à l'esprit de la Cannebière, ni un aspirant tribun.

Assez riche pour en prendre à son aise avec sa profession, il partageait son temps entre son cabinet de Marseille et le joli coteau de Sénac, longtemps ses seules amours. Il plai-

dait bien, mais son éloquence était d'une saveur un peu fine pour des palais phocéens.
D'ailleurs il était trop vagabond pour avoir
une clientèle, et défendait surtout les pauvres
diables réduits à gagner leurs procès par charité, ce qui est généralement le moyen de les
perdre.

Quand il avait fourni quatre ou cinq plaidoiries et encaissé autant de louis — ou même
moins, car il y avait des rentrées difficiles —
maître Fortunat venait se reposer à Sénac,
chassant toute une journée avec un fusil qui
n'était pas toujours chargé, pêchant au clair
de lune dans son canot, quitte à s'apercevoir,
en regagnant la rive, qu'il avait oublié son
filet.

Avec la fortune en moins, il aurait eu de
la peine à ne point passer pour déclassé aux
yeux des bourgeois, ses pairs. Mais surtout,
sans le soin minutieux qu'il avait de sa personne, il eût été sûr d'avance d'être appelé
« bohème », d'autant que plusieurs centaines
de vers dont il était l'auteur engraissaient les
rats d'une librairie d'Avignon.

Bien entendu, Fortunat était de la race des

tristes, mais sa tristesse ne faisait du mal qu'à
lui. Il était tout aussi capable qu'un autre de
se tuer quelque jour, mais il n'aurait trouvé
ni plaisir ni gloire, comme font de délicieux
bandits, à se mettre en route pour l'autre
monde escorté d'une pauvre idiote. Il était
triste, non d'avoir pris Schopenhauer au sérieux, mais d'entendre une voix en lui qui
répétait du matin au soir : « Tu ne seras jamais heureux ! Quelque malheur pèsera sur
toute ta vie ! »

D'où devait venir ce malheur ? C'est une
chose qu'il ignora longtemps, jusqu'à une
certaine matinée où Thérèse passa devant lui
sans le voir, allant à la messe, accompagnée
de Mrs Crowe. Dans l'espace de vingt secondes
il eut le temps de se dire :

« La voilà ! Elle existe donc ! Salut à
mon rêve, à ce qui aurait été mon bonheur !
Hélas ! rien qu'à voir flotter les plis de sa
robe, je comprends qu'elle se nomme l'impossible. Oh ! comme elle a dans les yeux la
chasteté cruelle des saintes ! Quelle splen-
deur ! quelle grâce ! quel sourire ! quelle
bonté ! Et cependant comme je sens qu'elle

me laisserait mourir en sa présence, plutôt
que de me sauver par un signe qu'elle juge-
rait défendu ! Oh ! comme je vais l'aimer, et
comme je vais souffrir ! N'importe : c'est déjà
quelque chose, pour qui meurt lentement, de
connaître le nom de sa maladie. Si, seulement, je pouvais mourir pour elle ! »

Depuis ce jour, Marseille ne le revit plus ;
mais il devait cacher longtemps, moins par
respect peut-être que par orgueil, la mystérieuse catastrophe de sa vie. Cette vie, du
moins, allait avoir un but : apercevoir la
comtesse. Pourrait-il quelque jour s'approcher
d'elle, lui parler ? Fatalité misérable ! Il se
nommait Cadaroux, *Cadaroux-bouscatié* ! Entre
l'originelle réprobation de sa naissance et la
haine furieuse née depuis quelques jours
contre le « château », il était pris comme dans
une infortune funeste, qui le marquait d'un
sceau spécial d'indignité. Un seul homme,
dans l'obscur village, devait renoncer à l'espoir d'un sourire de cette bouche adorable,
d'un regard de ces yeux qui répandaient sur
le dernier mendiant leur lumineuse bonté. Et
cet homme, c'était lui ! Comme il enviait les

malheureux dont ces belles mains pansaient
les plaies, chaque jour, dans l'hôpital que le
père Cadaroux surnommait, avec un gros rire,
« la boîte à joujoux de la comtesse » ! Ah !
s'il avait pu, au prix de la plus cruelle blessure, gagner qu'on le portât dans un de ces
lits !

« Hélas ! pensait-il, cette joie suprême est
réservée pour les pauvres. Je pourrais mourir
vingt fois, sans qu'elle l'apprît autrement que
par mon glas funèbre. Mais mon père voudrait-il permettre à la cloche de l'église de
sonner pour moi ?... »

Le dimanche, il était sûr d'apercevoir la
comtesse à l'heure des offices, à la condition
de trouver des prétextes pour rôder dans la
rue au moment de l'apparition bienheureuse.
Durant toute la semaine il se livrait, dans ce
but, à des combinaisons machiavéliques, tremblant toujours d'être dérangé par quelque incident. Le plus simple aurait été de se joindre
aux fidèles qui pouvaient contempler la châtelaine dans le banc surmonté des vieilles ar-
moiries. Mais, d'une part, Cadaroux aurait
chassé le renégat de chez lui ; de l'autre, si

Thérèse venait à deviner l'avilissante comédie, quel mépris et quelle honte !

Alors ce malheureux maudissait la fatalité de sa naissance, les folles rancunes des siens, leurs opinions, leur demi-richesse et l'éducation qui l'avait fait lui-même incrédule. Tout s'unissait pour le rejeter loin de son rêve. Néanmoins, en dépit de tout, il se découvrait respectueusement devant madame de Sénac. Elle lui rendait son salut sans le regarder, avec la courtoisie grave que l'on accorde à un ennemi correct. Mrs Crowe, moins obligée à la réserve, le dévisageait avec curiosité.

Un matin, Reine Cadaroux surprit son frère au moment où il s'inclinait, tête nue, devant la comtesse. La bonne âme s'empressa de dénoncer à qui de droit ce qu'elle appelait un hommage de vassalité. Fortunat fut tancé d'importance par son père, en présence de la famille.

— S'il y avait des grenouilles dans le pays, dit Saturnin, je pense que tu t'offrirais à battre l'eau pour que la châtelaine pût dormir.

Le jeune homme, incapable de contrainte sur un pareil sujet, répondit d'une voix vibrante :

— Ce ne serait probablement pas la première fois qu'un Cadaroux aurait cet honneur.

La pauvre Lætitia, une fois de plus, s'in-
terposa entre les deux hommes.

Quand on vit ce beau garçon de vingt-quatre
ans, à l'air mélancolique, s'enterrer vivant à
Sénac, on chercha naturellement la cause de cette
retraite. Les bonnes âmes le crurent d'abord
épris de quelque beauté du voisinage, pour le
mauvais motif ou pour le bon. Mais, si bien
que l'on surveillât ce bizarre misanthrope, il
fallut reconnaître qu'il fréquentait un seul être
humain dans la commune et dans les environs : à savoir, Signol, le passeur du bac du
Rhône. Alors on décida qu'il devait chercher l'oubli d'une passion malheureuse, née
dans la grande ville, ou fuir les ressentiments
d'un mari marseillais.

Une seule personne savait à quoi s'en tenir,
c'était la comtesse, et — quitte à heurter
l'axiome favori des grands clercs en psycho-
logie féminine — on aurait pu soumettre son
cœur et toute sa personne à l'analyse la plus
subtile, sans trouver dans les cendres du
creuset autre chose que de l'ennui avec un

peu d'humiliation, mais pas un grain de reconnaissance.

Voilà, diront les hommes, un orgueil insupportable et une héroïne de roman dont il importe de supprimer l'espèce. Que ces juges
sévères, mais non désintéressés, veuillent bien
admettre, tout d'abord, qu'une jeune fille ne
saurait passer deux ans derrière la grille d'un
cloître, avec la conviction que l'amour d'un
prince et d'un roi est chose trop petite pour
son cœur, sans en garder une opinion tout au
moins fort élevée sur la dignité féminine.
Mais surtout qu'ils considèrent le médiocre
danger d'une fierté trop peu répandue, trop
peu en voie de se répandre, pour que les séduc-
teurs aient motif de s'en inquiéter comme d'un
symptôme de grève. Que si l'on déplore le des-
tin rigoureux de Fortunat Cadaroux, s'épre-
nant de la seule femme que la gloire d'une
pareille conversion devait laisser insensible,
c'est une question différente, et le malheureux
mérite, en effet, d'être plaint. Mais qui pourrait affirmer qu'il se trouvait à plaindre ?

Timide jusqu'à la frayeur, au début, l'audace de son adoration muette était son seul

crime. Des semaines s'écoulaient sans que Thérèse l'aperçût, bien que, parfois, quand elle
sortait à cheval avec son mari, elle devinât
derrière certains buissons une forme suspecte.
Parmi les châtelaines du voisinage, dont quelques-unes considéraient le pauvre Fortunat
comme un futur Robespierre, on se demandait pourquoi le jeune avocat continuait à me-
nacer la région par sa présence, au lieu de retourner à ses clubs jacobins de la Cannebière,
où, sans doute, il aiguisait le couperet de la
guillotine.

Quand on parlait ainsi devant elle, la comtesse ne pouvait s'empêcher de rougir, secrète-
ment irritée contre cet homme qui la mettait
dans le cas d'être confuse, elle, Thérèse de
Sénac ! Deux ou trois incidents d'une signification plus précise lui causèrent un ennui plus
sérieux. Il arriva qu'étant sortie seule, à pied,
un certain jour, chose tout à fait contraire à
ses habitudes, elle s'agenouilla deux minutes
pour dire une prière devant un oratoire, con-
struit sous un vieux chêne, à un endroit desert
du chemin. Comme elle avait déjà repris sa
route, l'idée lui vint de je ne sais quel pieux

embellissement qu'elle voulait faire à la chapelle, ce qui fut cause qu'elle revint sur ses
pas. Juste à ce moment, un homme se pro-
sternait, baisait la pierre qu'elle venait de toucher de ses genoux, et s'enfuyait, croyant
n'avoir pas été vu. Elle s'enfuit de son côté,
plus vite encore, et, pour sa punition du rôle
qu'il avait joué, bien malgré lui, le saint n'eut
jamais sa guirlande neuve.

Une autre fois, elle oublia son gant près
d'une fontaine où elle s'était arrêtée pour boire
dans sa main. A deux cents pas, s'étant aperçue de son étourderie, elle pria Mrs Crowe,
qui l'accompagnait dans sa promenade, de re-
brousser chemin jusqu'à la source; mais
Kathleen ne trouva rien. A force de se creu-
ser le cerveau, la naïve Irlandaise découvrit
l'explication de cet escamotage mystérieux.

— L'endroit est plein de pies, dit-elle; un
de ces oiseaux voleurs aura porté votre gant
dans son nid.

— Probablement, fit la belle promeneuse,
devenue cramoisie.

Le 15 octobre, au point du jour, le concierge
du château trouva un bouquet aux allures

modestes attaché en dehors de la grille. Toute
la maison se préparait à célébrer la sainte
Thérèse qui tombe à cette date ; l'intention du
présent n'était pas douteuse. Les fleurs ano-
nymes furent portées à madame de Sénac
aussitôt après son réveil.

— Gageons, dit Albert, que c'est l'hommage
de quelque pauvre diable que vous avez soigné
et guéri dans votre hospice.

Elle ne voulut même pas toucher le bouquet : non qu'elle se sentît menacée, car, pour
cette citadelle d'honneur et d'amour, aucun
assaut n'était à craindre. Mais elle venait de
ressentir l'insulte du premier projectile ennemi tombant au pied des remparts. Elle frissonna, sous la révolte de son orgueil blessé.

— Vous avez froid, ma chère, fit observer
Sénac.

— Je veux bien du feu, répondit-elle sans
autre explication.

Dès qu'elle fut seule, un pétillement se fit
entendre au milieu de la flamme qui dévorait
les fleurs indiscrètes. Pauvre Fortunat !

Quelques jours plus tard, après déjeuner, le
comte, qui venait de déplier un petit journal

du pays, poussa une exclamation de surprise mêlée d'ironie.

— Peste ! Notre voisin l'avocat se lance dans la poésie ! Un sonnet, ni plus ni moins ! Voyons les vers de Cadaroux *junior*.

Sans attendre l'assentiment de sa femme, il déclama les stances, d'abord avec une exagération malicieuse. Mais, à mesure qu'il lisait tout haut, malgré lui sa voix devenait vibrante. Insensiblement l'émotion qui avait inspiré le poète gagnait Albert :

Une humble violette avait fait, une fois,
Le rêve de mourir sur le sein d'une reine
Qui venait alentour, belle, calme et hautaine,
Égarer son ennui dans le sombre des bois.

Pour arrêter ses yeux et pour tenter ses doigts,
Elle exhalait un frais soupir de douce peine,
Une discrète odeur d'amour... Mais l'inhumaine
Trouva la violette indigne de son choix !

Sans même ensevelir, par charité secrète,
Au linceul d'un regret l'âme de la pauvrette,
La Dame de beauté la foula sous ses pas,

Tandis que d'un parfum de tendresse mourante,
La fleur enveloppait la belle indifférente
Qui passa, dédaigneuse, et ne le sentit pas !...

F. CADAROUX.

— Ma foi ! l'auteur a beau s'appeler Cadaroux, dit Albert quand il eut achevé la lecture.
Ses vers valent mieux que la source d'où ils
sortent.

— Ce jeune homme a dû souffrir quelque
grande peine de cœur, soupira la sentimentale
et compatissante Kathleen.

— Ma chère Mrs Crowe, reprit Thérèse avec
une sorte de dureté, vous n'avez donc pas lu
Gœthe ? N'en déplaise à votre jeune monsieur,
son seul mérite est celui d'un traducteur.
Quant à moi, cette violette larmoyante m'a
toujours exaspérée. Fallait-il pas que la reine
s'enfermât dans sa chambre pour ne point
risquer de mettre le pied sur une fleur ?

— Non, répliqua l'Irlandaise en ouvrant ses
grands yeux toujours jeunes malgré les ans.
Mais si, du moins, la reine avait dit :
« Pauvre violette ! »

— Ma chère amie, conclut Albert en se
tournant vers sa femme, vous devenez d'un
positif à faire frémir. Voulez-vous savoir ce
que vous auriez fait à la place de la demoiselle de Gœthe ? Vous auriez cueilli la violette...
pour en faire de l'infusion à vos malades.

6

La comtesse ne répondit rien à cette plaisanterie, mais elle tourna sur son mari des yeux où se lisait un reproche.

Un jour, Thérèse descendit les allées de son parc, ouvrit la porte qui conduisait au Rhône, et se dirigea vers la maison du passeur. Elle était seule, ayant besoin de parler au vieillard en confidence. Il s'agissait d'obtenir qu'il fît ses Pâques, dont le temps approchait. Depuis trente ans, les curés qui se succédaient dans la paroisse avaient échoué dans cette difficile entreprise. Mais la comtesse avait des moyens de conversion qui n'étaient pas à la portée de tout le monde. Après avoir inutilement employé les menaces de l'enfer et les espérances du paradis, elle avait essayé de promesses moins éloignées et plus terrestres, mais en vain.

— Madame la comtesse, disait Signol, je n'ai besoin de rien et je suis parfaitement heureux, sauf quand une crue subite fait monter le Rhône. Mais, à cela, vous ne connaissez point de remède, ni les curés non plus.

Néanmoins, ce philosophe avait une faiblesse : la passion des portraits. Les murs de son réduit étaient tapissés d'illustrations mili-

taires, politiques ou religieuses; le genre n'y
faisait rien. Tenté par cette occasion unique
d'enrichir sa collection d'une pièce rare, le
bonhomme s'avisa de demander le portrait de
Thérèse, contre la promesse d'un retour à Dieu
sincère et édifiant. La comtesse l'avait pris au
mot, et, ce jour-là, elle apportait sa photographie. L'engagement ratifié, elle se levait
pour partir, d'autant que le passeur, hélé par
un client, venait de sauter dr·s sa barque.

En ce moment elle s'aperçut que Fortunat,
caché derrière un berceau de vigne, avait
assisté à l'entretien. Sans rien témoigner de
son ennui, elle se hâtait de franchir les deux
ou trois cents pas qui la séparaient de la
petite porte, mais le jeune homme n'eut pas
de peine à la rejoindre. Tête nue, fou de
passion, pâle d'angoisse, car il comprenait
vaguement l'énormité qu'il allait commettre,
essayant pour l'atténuer de donner à ses paroles l'aisance légère d'un madrigal décoché à
une jolie femme qui passe, il balbutia :

— Pour le même prix, madame, si vous
voulez, je ferai ce que va faire le vieux Signol.

Thérèse s'arrêta; ses sourcils se froncèrent;

ses joues se couvrirent d'une rougeur ardente;
ses yeux où resplendissaient l'honneur et la
noblesse enveloppèrent durant une seconde
l'audacieux, qui tremblait ainsi que les feuilles
déjà naissantes des saules.

— Monsieur, dit-elle, je vous félicite. En
une seule phrase vous venez d'insulter Dieu et
une femme.

Sans attendre la réponse, elle reprenait sa
route. Derrière elle, une exclamation étouffée
de désespoir se fit entendre et l'obligea de se
retourner. Fortunat, debout au milieu du
chemin, les doigts crispés dans ses cheveux,
semblait en proie au trouble le plus effrayant.
Tout à coup, relevant la tête, il aperçut la
comtesse arrêtée, interdite, à quelques pas.
Sans avancer davantage, il dit :

— Madame, je vous prie de vouloir bien
accorder votre pardon à un pauvre insensé, à
moins qu'il ne vous plaise d'assister à ma mort.

Il considérait avec les yeux d'un fou le
Rhône grondant à quelques toises. La comtesse, horriblement effrayée, n'osait parler et
craignait de causer une catastrophe en se taisant,
car ce visage, exalté par une passion désespérée,

ne ressemblait à rien de ce qu'elle avait vu.

— Madame, continua-t-il d'une voix éteinte, vous ne me comprenez pas. Hélas ! je ne me comprends pas moi-même. Qu'ai-je dit ? Je n'en sais plus rien. Mes paroles vous ont offensée ? Oubliez-les, madame, car j'avais dépensé toute ma force et toute ma raison à contenir un autre mot que j'avais sur les lèvres. Celui-là, vous ne me l'auriez jamais pardonné, je le vois bien maintenant.

— Je vous pardonne, monsieur, dit gravement Thérèse. Mais, de grâce, épargnez-moi.

Fortunat joignit les mains et les approcha de ses lèvres qui s'agitaient sans proférer un son, tandis que ses yeux dévoraient la comtesse toujours immobile. Tout à coup il s'enfuit en courant, sans se retourner.

Alors elle reprit sa marche d'un pas précipité, et ce fut seulement après que la porte du parc se fut refermée qu'elle respira librement. Elle eut quelque peine à remonter la pente rapide, tant la frayeur avait paralysé ses forces; mais elle n'avait rien perdu de la lucidité de son esprit. Prévenir son mari ? C'était amener probablement des complications terribles.

6.

— Non, songea-t-elle. Puisque lui-même me pousse à partir, le plus simple est de céder. Quelques mois d'absence arrangeront tout et me délivreront de ce fléau vivant. Le malheureux ! il ne croit à rien !

Tel fut le secret motif qui fixa définitivement le départ du jeune couple. Peu de jours après, ils quittèrent le château, amèrement désolés l'un et l'autre de voir finir une heureuse époque de leur vie. Mrs Crowe les accompagnait, indifférente à tout, du moment qu'elle ne quittait pas Thérèse.

Assis, le menton dans sa main, sur un rocher qui domine le fleuve à la crête d'un plateau inculte, Fortunat regardait de loin la petite barque qui traversait le Rhône. Que n'eût-il point donné pour être à la place du vieux passeur ! Madame de Sénac, pour entrer dans le bateau, s'était appuyée sur son épaule !

VI

Le lendemain de son arrivée à Paris, Thé‑
rèse alla prier sur la tombe de son frère,
puis elle se rendit au couvent des Bernardines
dont madame de Chavornay, sa tante, était
supérieure.

Tandis qu'elle attendait la vénérable reli‑
gieuse dans son parloir privé, la comtesse de
Sénac rêvait, les yeux fixés sur le fronton de
la chapelle qui se dressait en face, à l'extré‑
mité de la cour. Elle comparait la voie qu'elle
avait choisie à celle qui lui avait paru long‑
temps la seule faite pour ses pas. Elle se sou‑

venait de la crise décisive de son existence.
Elle se revoyait dans cette même pièce, quinze
mois plus tôt, perdue dans un monde de sentiments opposés qui lui donnaient le vertige,
tandis que les mains tremblantes de Mrs Crowe
se promenaient sur elle, piquant des épingles,
rectifiant des plis dans le satin de la robe
blanche qu'elle devait porter le lendemain,
pour prononcer l'adieu au monde — et à
Sénac.

Elle avait souffert alors autant qu'une créature humaine peut souffrir, mais elle n'avait
point perdu courage. Ayant accepté, demandé
le sacrifice, pouvait-elle s'étonner de l'âpre
morsure du glaive divin ? N'était-il point
nécessaire que tout le sang de son cœur se
répandît sur l'autel par la sainte blessure,
bientôt cicatrisée ?

Car, dans son exaltation mystique, elle
comptait sur une guérison soudaine, miracu-
leuse, qui, contrairement aux guérisons humaines, la rendrait sourde à toutes les voix,
aveugle à toutes les visions, sauf à celles d'en
haut. Et voilà que le prodige, en effet, avait
éclaté, mais en sens inverse. Une lumière lui

avait montré ce cœur d'homme tout plein
d'elle, exempt de reproche, très grand. Et,
devant cette révélation tardive, elle était tom-
bée sans connaissance, persuadée qu'elle allait
mourir.

Elle n'était pas morte. Elle était à cette même
place, l'ancienne novice, vivante, sûre d'avoir
suivi son véritable chemin, aimée, heureuse...
Pour la première fois depuis son mariage, Thérèse se fit à elle-même cette question :

— Est-ce que je suis heureuse ?

La réponse vint aussitôt, peut-être un peu
longue : trois lettres auraient suffi.

— Comment ne serais-je pas heureuse ? Que
me manque-t-il ? J'ai la grâce de Dieu, l'a-
mour inaltéré de mon mari, la fortune qui me
permet de faire du bien, la santé... Certes,
quand ma tante me demandera si je suis heureuse, il me sera facile de la satisfaire.

Là-dessus, madame de Chavornay fit son
entrée. Elle prit sa nièce par les deux mains,
la tourna vers la fenêtre, l'examina de ses
grands yeux, l'embrassa au front et lui dit :

— Ma chère enfant, je suis ravie de vous
voir. Je ne vous attendais pas si tôt.

Il n'y avait dans la phrase ni interrogation ni reproche. Pourtant la jeune femme rougit, car elle-même comptait bien, avant les troubles récents de sa vie, oublier Paris longtemps encore. Elle fut sur le point de dire quel ennui fâcheux rendait inhabitable, pour un moment, sa chère solitude; mais un tendre scrupule ferma sa bouche. Puisqu'elle était obligée d'avoir un secret pour son mari, du moins nul être humain ne l'entendrait, pas même sa tante.

— J'aurais voulu, dit-elle, passer la vie entière comme nous étions. Mais Albert prétend que toute situation a ses devoirs parmi lesquels on ne peut choisir ceux qui plaisent, pour en écarter d'autres moins doux.

— Ma chère enfant, rien n'est plus vrai. Nous ne devons pas, si vous avez bonne mémoire, mettre la lumière sous le boisseau. Jusqu'ici, vous avez instruit des marmots qui ne demandaient qu'à apprendre, et médicamenté leurs papas qui ne demandaient qu'à guérir. Maintenant, vous allez faire briller le flambeau de votre honneur et de votre foi parmi des gens qui souffleront dessus. Tous

les quatre ou cinq ans, je découvre une femme
du monde selon le cœur de Dieu et de son
mari, telle que vous voulez être, en un mot,
faisant du bien aux autres (vous verrez quelles
aumônes vous aurez occasion de répandre sur
de plus riches que vous), préservant son bonheur, élevant bien ses enfants. Quand je rencontre ce phénomène de la grâce divine, je
bénis le ciel, comme de juste... et je suis de
mauvaise humeur toute la journée.

— Oh ! non, ma tante !

— Mais si, ma nièce. Croyez-vous qu'il est
agréable de se dire : « Depuis quarante ans,
j'ai renoncé au monde et à ce qu'il a de bon,
— soyez franche, il a du bon, — je me suis
engoncée dans des guimpes toutes raides d'em-
pois ; j'ai obéi, ce qui est dur ; commandé, ce
qui l'est bien davantage, prié, médité, jeûné ;
je mourrai sur la paille, sans voir pleurer mes
petits-enfants autour de moi. Et madame Une
Telle, qui n'y a pas mis tant de façons, qui a
vécu comme les autres, mais mieux que les
autres, qui a été aimée, qui connaît les plus
douces joies d'ici-bas, sera placée mieux que
moi en paradis, car elle aura fait des choses

plus difficiles! Et pendant toute l'éternité, elle
me regardera de très haut, comme autrefois,
à l'Opéra, je regardais de la loge de mon père
les pauvres diables qui n'avaient pu se payer
qu'une stalle!... » Mais voilà que je recom-
mence mes sermons du temps jadis.

— N'oubliez pas de quelle façon vous les
terminiez, dit Thérèse en s'inclinant devant sa
tante.

La vénérable religieuse posa la main sur le
front de sa nièce et traça du pouce une petite
croix. Madame de Sénac reprit :

— Ma bonne tante, ne m'effrayez pas trop.
Je sais combien ma route est plus difficile que
la vôtre et, parfois, je ne puis m'empêcher
d'être un peu inquiète, surtout quand je
rentre ici.

— Seulement « un peu inquiète » ? fit la
religieuse en souriant. Alors tout va bien. Si
vous saviez, ma chère petite, — sa voix devint
plus grave, — le nombre des jeunes mariées
que j'ai vues pleurer et se tordre les mains à
cette place, en me disant: « Oh! madame, si
vous pouviez me garder toujours, faire de moi,
pour le reste de ma vie, l'une de ces humbles

sœurs converses qui frottent les parquets et lavent les corridors ! »

— Est-ce possible? soupira Thérèse. Hélas! que pouvez-vous leur répondre?

— Voilà le difficile! Je ne leur réponds rien; je les prends sous le bras; je les mène à l'église; elles pleurent; elles prient; elles s'essuient les yeux; elles s'en vont. Généralement, elles reviennent une ou deux fois; elles pleurent encore, mais elles ne prient plus. Ensuite, c'est fini; je ne les revois jamais. Le monde, à sa manière, les a consolées. Et maintenant, parlons de vous, de votre mari, de Kathleen Crowe.

Pendant une heure, la religieuse écouta les récits de la jeune femme. Quand il fallut se séparer :

— Mon enfant, dit madame de Chavornay, vous êtes une généreuse et loyale créature. Mais, pour faire sa route ici-bas, des pieds solides valent mieux que des ailes. N'abusez pas de l'idéal, car, si c'est le moyen le moins usité d'être malheureux, ce n'est pas le moins sûr. Et il faut être heureux, quoi qu'on en dise, pour donner le bonheur aux autres.

Cependant, l'arrivée du jeune ménage et son

7

installation à l'hôtel du quai d'Orsay, fermé
ou assombri depuis si longtemps, faisaient événement sur la rive gauche. Le bruit avait couru,
en effet, que les Sénac s'enterraient dans leur
habitation du Languedoc, pour y filer le parfait amour à perpétuité, c'est-à-dire en tablant
sur le plus long, pour deux ou trois ans. Car,
comme disait le baron de Javerlhac, le mot
« perpétuité » n'a son emploi véritable que
dans les concessions des cimetières. Il ajoutait volontiers, quand il était question d'Albert
et de sa femme devant lui :

— Écoutez bien mes paroles : madame de
Sénac a aujourd'hui vingt-sept ans. Nous la
verrons reparaître un peu avant la trentaine,
ayant de la province et de son mari par-dessus
les yeux. Elle sera mère de deux marmots et
sentira le besoin d'un air moins... fertile.
Comme elle sera dans toute la fraîcheur de sa
beauté, elle n'attirera l'attention de personne ;
mais, à sa première ride, on s'avisera qu'elle
vaut la peine d'être regardée. A la seconde, les
journaux parleront d'elle, en disant : « la belle
madame de Sénac. » A la troisième, elle pas-
sera capitaine d'une compagnie dont Albert

sera le porte-drapeau. Car, chez nous, les rides
sont aux joues des femmes ce que les galons
sont à la manche des officiers. Trouvez-vous
que j'ai tort?

L'expérience du baron eut tort cette fois.
Thérèse reparaissait au bout d'une année,
sans aucune ride, sans le moindre marmot, si
peu rassasiée, à la voir et à l'entendre, de la
campagne et de son mari, qu'on avait envie de
lui demander : « Mais alors, qu'êtes-vous venue
faire parmi nous? »

Personne, toutefois, ne lui posa la question ;
elle imposait aux moins timides. Ce n'était pas
qu'elle usât de son esprit afin de rabrouer les
gens de ces réponses cinglantes, un peu bru-
tales, que certaines jeunes femmes d'aujour-
d'hui lâchent sur vous avec une précision délicieuse, pour peu que vous leur en fournissiez
l'occasion. Mais elle avait dans le regard clair
de ses yeux bleus ces étonnements qui valent
toutes les rebuffades du monde. Au sur-
plus, grâce au couvent, au voyage d'Égypte et
à la vieille tour des bords du Rhône, cette
jeune femme n'avait pas recruté l'entourage
ordinaire des amis qui disent tout et des amies

à qui l'on ne cache rien, engeance également
funeste au bonheur des maris. Le monde, que
ce retour étonnait, en fut donc pour sa curiosité. Les Sénac, décidément, ne faisaient rien
comme les autres.

A peine leurs malles vidées, ils abattirent
courageusement trois cents visites, cinquante
par eux-mêmes, le reste par les soins de leur
coupé et de leurs chevaux. C'était fort peu
pour des gens de leur position mondaine, mais
ils ne comptaient pas se montrer plus pro-
digues de relations à Paris qu'à la campagne.
En même temps, leur installation se faisait
avec peu de bruit et beaucoup de rapidité, au
contraire de ce qui se passe d'habitude en
pareil cas; mais il faut dire que l'hôtel ne
manquait ni d'un rideau ni d'un tapis. Les
voitures, les chevaux, les domestiques sortirent
de terre, le tout payé bon prix, mais excellent.
Chaque semaine, la comtesse donnait à dîner,
et, sans affectation apparente, faisait son choix
dans la crème de la crème. Par contre, elle
acceptait assez difficilement de dîner chez les
autres. Elle eut sa quinzaine à l'Opéra, et l'on
devait montrer patte blanche pour pénétrer

dans sa loge, dont Sénac faisait les honneurs, sans avoir l'air de se douter du ridicule de son assiduité conjugale. D'ailleurs on les voyait toujours ensemble — quand on les voyait. Bien souvent Thérèse ne pouvait s'empêcher de rougir à cette question :

— Ma chère, que faites-vous ce soir ?

L'heureux Albert, plus ferré que sa femme sur l'art de mentir, inventait un alibi sans broncher, et leur petit salon réservé du premier étage cachait ce soir-là deux amoureux derrière ses rideaux bien tirés, pendant que le monde croyait le couple occupé à dîner en ville ou à courir les théâtres.

Sénac passa bientôt pour le type du jaloux, sous prétexte qu'il proscrivait impitoyablement les ventes de charité, les courses, les promenades aux foires et autres cohues où le public le plus profane peut vérifier, soit par les yeux soit autrement, si telle duchesse a le chagrin d'être maigre ou le bonheur d'être potelée.

Quelques jeunes femmes commencèrent à plaisanter Thérèse à propos de son Othello de mari, bien qu'elle inspirât à la plupart de ses amies — dans le sens mondain du mot — une

sorte de réserve qui ressemblait à de l'intimi-
dation. La vérité est qu'elle-même ne savait
guère de quoi causer quand elle se trouvait en
contact avec ces personnes, à coup sûr hon-
nêtes, distinguées, parfois même pieuses, mais
qui n'attachaient pas tout à fait le même sens
aux mots distinction, honnêteté et piété. Ce
fut bien autre chose quand madame de Sénac
connut mieux les histoires de certaines de ces
dames, non par Albert qui ne croyait pas qu'il
fût de son intérêt de scandaliser sa femme,
mais par ses relations féminines, qui se mitrail-
laient réciproquement, avec cette absence d'esprit de corps sans laquelle ce sexe aurait,
depuis longtemps, réduit le nôtre en complète
servitude. Les femmes âgées ne furent pas
longues à lui désigner celles de ses contempo-
raines qui vivaient dans le péché. Les jeunes
ripostèrent en lui faisant un cours d'histoire
ancienne qui n'était pas de l'histoire sainte.
Après quelques décharges bien nourries de ce
feu croisé, il resta beaucoup de réputations sur
le champ de bataille, et la pauvre Thérèse se
sentit frémir en voyant qu'elle allait passer sa
vie au milieu des morts et des blessés, elle

qui croyait vivre toujours dans une oasis pri-
vilégiée de paix et d'innocence.

Bientôt un groupement nouveau se dessina.
Les femmes âgées entourèrent madame de
Sénac, qu'elles voyaient en état de suspicion
à l'égard des jeunes ; celles-ci donnèrent leur
sympathie au comte, jugeant que Thérèse devait être ennuyeuse, du moment qu'elle n'était
pas amusante à leur façon. Bientôt l'on sut
que la comtesse de Castelbouc, née la Hort-
Dieu, ce dont elle était assez fière, avait pris
Thérèse sous sa protection spéciale. C'était une
personne déjà mûre, considérée comme une des
autorités du Faubourg, invariablement citée en
réponse aux bourgeoises à prétentions acadé-
miques, lorsque ces dames plaignaient la haute
aristocratie d'ignorer le véritable esprit. Madame
de Castelbouc en ayait à revendre ; ses « mots »
étaient terribles parce qu'ils étaient déconcer-
tants de vérité ; quelques-uns resteront célèbres.
Parfois ses intimes, avec la précaution qu'on
met à caresser un chat, lui faisaient entendre
que d'aucuns la trouvaient un peu méchante.

— Plaignez-vous ! répondait-elle. Je me sers
des indifférents pour amuser mes amis !

C'eût été fort bien — pour les amis — si cette redoutable personne n'eût imité certains catholiques de la Saint-Barthélemy, dont les arquebusades se trompèrent d'adresse, ainsi qu'on sait. Elle avait été l'une des plus acharnées à blâmer le mariage de Thérèse au début. Mais on l'eût fait tomber de son haut en lui rappelant ses erreurs passées. Elle avait ce don précieux, que possèdent certaines femmes méchantes, de se faire pardonner ses coups de griffe à force de les oublier. Ses haines étaient ardentes et lui inspiraient ses mots les plus meurtriers. Aussi le baron de Javerlhac lui avait répondu, un jour qu'elle parlait de « ses ennemis » en sa présence :

— Vos ennemis ! chère madame, je suis sûr que vous n'en avez plus. Vous devez être comme le maréchal Narvaëz qui cherchait en vain les siens à l'article de la mort, pour leur pardonner. Jamais il ne put en trouver un seul. Ils étaient tous fusillés depuis beau temps !

Par une raison analogue, c'était une amie désirable. Quand elle était dans un salon, ses protégés pouvaient aller prendre l'air sans craindre que l'on touchât à leurs personnes.

Prévenante, émue, raffinée en affection à ses
heures, elle avait tout à coup dans les yeux
des éclairs de tendresse qui surprenaient sur
un visage un peu mâle. Thérèse prit bientôt
du goût pour cette femme supérieure, sans
s'apercevoir que madame de Castelbouc avait
le tort de l'encourager dans son exclusivisme
déjà trop grand à l'égard du monde. Mais
malgré tout, un seul être conservait sur elle
une complète influence : son mari.

Ce dernier, de son côté, avait sa favorite —
en tout bien tout honneur — et cette favorite
était une parente. A dire le vrai, la parenté
s'était un peu relâchée, car, depuis dix ans,
le marquis de Boisboucher, mari de la dame
en question et cousin de Sénac, avait pris le
large après une période assez courte de com-
munauté, sinon de félicité conjugale. Sur la
cause véritable de cette rupture consacrée par
les tribunaux, sans débat, comme il convient
entre gens bien élevés, les opinions variaient
selon qu'on entendait les hommes ou les
femmes. Les premiers affirmaient que l'insensible Herma était cause de l'accident, par une
froideur d'autant plus exaspérante qu'elle

7.

répondait à une passion digne d'un accueil plus doux. Mais, dans le camp opposé, on racontait, sous les plumes des éventails, qu'Armand de Boisboucher n'était rien moins qu'un monstre, échappé sans doute des forêts mythologiques, du temps où les satyres et les faunes étaient sur pied jour et nuit.

Quel que fût le crime ou le malheur du marquis, victime ou bourreau de sa femme, il n'était plus là pour se défendre, car depuis longtemps il ne quittait pas son château du Périgord, où il menait une existence de braconnier tempérée par l'ivresse. Fallait-il voir dans ce suicide moral le développement des instincts d'une brute, ou le désespoir d'un malheureux inconsolable de n'avoir pu réaliser le rêve de son amour? C'était affaire entre madame de Boisboucher et sa conscience. Quant au monde, il avait condamné, d'après sa coutume, celui des deux accusés qui ne se présentait pas, d'autant que la marquise était fort intelligente, très habile à ne pas se compromettre, tantôt sage, tantôt folle, tantôt charmeuse, tantôt touchante, grande dame le soir, artiste le matin, bonne amie quelquefois,

impertinente et mal élevée à ses heures, jamais
effleurée d'une ombre de passion, toujours
coquette à faire trembler... mais il eût été
plus court de la peindre d'un mot, en disant
qu'elle était Polonaise.

Elle vivait avec sa mère, qui ne la quittait
pas d'une semelle et portait de son côté un
nom français, par suite de son second mariage.
Un brave homme qui s'appelait M. de La Clamouse, tout simplement, avait su faire flamber
d'une flamme un peu tardive les quarante ans
de la princesse, — car elle avait été princesse,
s'il vous plaît, avec un nom célèbre en Pologne
mais impossible à prononcer en France. Il est
juste d'ajouter que La Clamouse était mort peu
après, enseveli dans son triomphe, réparant
par un héritage très sérieux le tort qu'il avait
fait à sa femme en la privant de son titre. On
continuait d'ailleurs à l'appeler princesse un
peu partout, sauf dans le pur Faubourg qui
avait pris cette bonne femme à tic, et trouvait
que c'était déjà bien assez de voir sa fille marquise. Ces deux isolées vivaient un peu à l'écart,
près du bois de Boulogne, dans un hôtel assez
petit, entre cour et jardin, où elles préten-

daient ne recevoir personne, se disant plus
pauvres qu'elles n'étaient. Toute autre que madame de Boisboucher, dans sa situation et avec
ses défauts, se serait mis à dos la bonne société
qui n'aime pas beaucoup plus les étrangères
que les séparées. Cependant on lui passait
tout, même son étiquette de fausse veuve,
qu'elle drapait d'ailleurs le plus souvent dans
des robes noires montant jusqu'au cou, et
laissant paraître seulement un visage mat,
indéchiffrable, bien qu'il fût rehaussé par des
yeux superbes. Mais certains yeux éblouissent
plus qu'ils n'éclairent; ceux-là étaient du
nombre.

Malgré ses libertés et franchises d'enfant
gâtée, Herma n'était pas toujours également
bien placée dans la faveur des douairières;
pour tout dire, elle était même parfois en
disgrâce complète, et je ne jurerais point
qu'elle ne fît un peu exprès d'y tomber, pour
rendre sa vie moins monotone. L'un de ses
grands crimes était de devenir tout à coup
invisible, elle et « la princesse » sa mère. En
vain l'on essayait successivement toutes les
heures de la journée; ces dames étaient inva-

riablement sorties, si bien sorties que leur
coupé les attendait tout attelé devant leur
porte, pour les conduire Dieu sait où. Et
ces disparitions duraient ainsi pendant des
semaines.

Alors on cherchait une aventure mystérieuse,
tragique ou simplement compromettante; mais
on ne trouvait pas autre chose que des can-
cans, éternelles variations sur ce thème :
Herma voit trop d'artistes ! Quelquefois on la
donnait comme absolument folle d'un ténor
qui, déjà fort occupé, la laissait se consumer
tout à son aise. Ou bien, les rôles renversés,
la capricieuse marquise avait tourné la tête
d'un grand peintre, qui en perdait le boire,
le manger et le sommeil. Généralement, à la
suite de cette rumeur, un nouveau portrait,
signé d'un nom illustre, augmentait le nombre
de ceux qui montraient déjà, sur tous les pan-
neaux du salon, l'éclair de sa tignasse fauve
ou la ligne incomparable de sa nuque. Il était
à remarquer, d'ailleurs, que ces chefs-d'œuvre
ne se ressemblaient pas entre eux, et que pas
un ne ressemblait au modèle, tant ce modèle
était « merveilleusement ondoyant et divers ».

Le même désagrément arrivait aux bustes d'Herma. Car tout était bon à cette mangeuse de cœurs d'artistes : peintres, pastellistes, sculpteurs, musiciens. Quand elle n'avait rien de mieux, elle grignotait quelque malheureux félibre tombé du ciel de la Provence. Par-ci par là, elle daignait tourner la tête d'un homme du monde, mais rarement. Elle avait peu de goût pour les victimes engraissées dans les prairies correctes mais sans saveur du noble Faubourg. C'était un grief de plus, car tout devenait un grief contre elle, même cette insensibilité orgueilleuse, — d'aucunes disaient : suspecte, — qui l'empêchait de guérir les blessures faites par ses yeux.

Quand on avait bien boudé ces deux créatures « à l'esprit détraqué, aux nerfs perdus par la morphine », quand on s'était bien juré de les laisser indéfiniment barboter dans leur « bohème, » quand on leur avait bien dit leurs vérités, sans qu'elles pussent les entendre, fort heureusement, il survenait une occasion où l'on avait besoin d'Herma, qui, sans parler de son charme et de son esprit, jouait le Chopin comme personne, et surtout le jouait pour rien. Tantôt il fallait à tout prix rompre la glace d'une soirée d'entrevue. Tantôt il fallait flatter les préférences avérées d'une Altesse de passage à Paris. Ou bien il fallait corser les attractions d'un concert de charité. On voyait alors Herma reparaître dans toute sa gloire, avec sa mère et son mélancolique sourire de blasée avant la lettre, également inséparables de sa personne. Tous les salons des douairières, y compris les douairières ellesmêmes, retombaient à ses pieds, et sa faveur était plus grande que jamais, jusqu'à ce qu'elle commît une nouvelle frasque. Mais qu'on la mît en pénitence ou sur un piédestal, elle ne semblait pas s'en apercevoir, et cette suprême impertinence était son crime le plus impardonné.

Comme pour répondre à l'accusation souvent portée contre elle de chercher toujours ses nouveaux amis hors du monde, la marquise de Boisboucher sembla ravie de retrouver Sénac et ne parut ni trop fâchée ni particulièrement contente de le retrouver pourvu d'une femme. Elle avait une manière très douce, presque *petite fille* de l'appeler « mon

cousin » (bien qu'il ne le fût plus guère) qui
la montrait sous un jour nouveau. Elle demandait volontiers ses avis, et, chose plus
extraordinaire, les suivait quelquefois, bien
qu'elle se moquât sans beaucoup de gêne de
l'opinion de cousines plus âgées et surtout plus
proches. L'hôtel Quilliane — comme on continuait à le nommer — la voyait souvent, même
sans sa mère, exception des plus rares. Là elle
se mettait à l'aise, devenait simple, sensée,
grande dame, plus charmante que jamais,
aussi peu coquette qu'une Polonaise peut l'être.
Elle entretenait rarement Albert cinq minutes
hors de la présence de sa femme et, pour lui
rendre justice, elle ne donnait pas même lieu
de supposer qu'elle éprouvât le moindre ennui
de la présence de Thérèse. Elle avait plutôt
l'air de l'ignorer, un peu trop même, au gré
de celle-ci. Elle entrait chez eux comme dans
un moulin, que la porte fût fermée ou non.
Elle disait, en manière d'excuse :

— Me voici encore. Je vous agace peut-être,
mais un ménage comme le vôtre est une bénédiction pour une femme comme moi. Songez,
mon cousin, que vous êtes le seul homme de

Paris auquel je puisse parler dix minutes sans qu'on crie que je vais lui tourner la tête.

— Oui-da ! répondait Albert en riant. Suis-je donc déjà si vieux ? Ou bien la nature m'a-t-elle fait aveugle de naissance ?

— Non, Dieu merci ! Votre infirmité, et vous en êtes fier, tout le monde peut le voir, consiste à être le plus amoureux des époux. Tous les traits du carquois glisseraient sur votre cœur comme sur le blindage d'un navire. Ah ! mon cousin, restez toujours tel que vous voilà. C'est si commode ! De mon côté, je vous en préviens, je crie sur les toits que je ne sors pas de chez vous. Cela répond à toutes les accusations. Les Sénac sont de bonne famille, il me semble ! On ne dira pas que je déroge en leur compagnie. Et, quand on me reprochera d'être de glace, il me sera permis de répondre : « Vous voyez que non, puisque je ne ne fonds pas dans cette étuve ! »

— Oh ! ma cousine. Étuve n'est guère poétique.

— C'est encore un bon point que vous me donnez là. On prétend que tout mon mal vient d'avoir voulu répondre en vers à qui me parlait en prose.

Thérèse, penchée de côté dans son fauteuil, la considérait curieusement, avec de singulières contractions dans les sourcils. Herma lui dit un jour, à propos du même sujet :

— Allez ! ma jeune cousine, vous êtes dans le vrai. Il n'y a tel que la prose, l'éternelle prose, toute simple et toute bête, que je lis dans ces yeux bleus. Je vois même des notes fort intéressantes sur les marges.

Thérèse devint écarlate et ne répondit rien; Albert non plus. Madame de Boisboucher se leva, prit congé et gagna l'antichambre, accompagnée par le maître de la maison.

— Cousin, fit-elle, tous mes compliments. Votre femme embellit d'heure en heure. Si elle continue, ce sera l'une des beautés de son temps et, ma foi ! vous m'avez l'air de l'avoir joliment bien... décloîtrée. Dire qu'à moi, qui n'ai jamais eu la moindre envie d'être religieuse, on a fait regretter le verrou d'une cellule !

Elle partit là-dessus, montrant son poing mignon à un être invisible qui était sans doute certain marquis de sa connaissance.

Albert sortit bientôt après pour se rendre

chez son avocat. Thérèse demeura seule et se mit à broyer du noir, ce qui n'arrivait guère et ne serait pas arrivé ce jour-là, sans le maudit procès qui lui en donnait le loisir. Elle fit un retour sur elle-même, s'examina, se compara non sans une sorte de honte à ce qu'elle était trois mois plus tôt, et s'étonna d'être, en effet, si complètement « décloîtrée ».

Ce n'était pas qu'elle se fût promis de ne point aimer son mari, où même qu'elle ne se fût point promis de l'aimer de tout son cœur. Mais, depuis qu'elle avait quitté la paix quasi mystique de la province pour le tourbillon de Paris, depuis sa première visite à sa tante, notamment, elle ne se reconnaissait plus. Les ailes, les fameuses ailes qui donnaient de l'inquiétude à la prudente religieuse, vainement, aujourd'hui, elle les cherchait encore à ses épaules. Vainement elle voulait s'envoler de nouveau dans l'idéal, emportant là-haut, ainsi qu'il le disait, l'homme devenu la moitié de son être. C'était lui, à cette heure, qui la retenait enchaînée dans ses bras, plus près de la terre, plus loin des espaces. C'était lui qui la faisait tressaillir au seul bruit de son pas, qui la troublait délicieusement lorsque, dans le monde, il l'enveloppait d'un rapide regard de tendresse. C'était lui... Oh! d'où venait ce pouvoir nouveau qu'il avait sur elle? Quel astre inconnu s'était levé, marquant le retour de ces heures ardentes qui lui faisaient perdre le souvenir du passé? Qu'elles paraissaient loin, les heures mystiques du vieux château, où c'étaient leurs deux âmes qui se fondaient en une seule! Et cette transformation, — elle rougit de nouveau en songeant aux remarques impertinentes de la marquise, — des yeux étrangers pouvaient la voir!

Elle eut, pour cacher son visage, un mouvement instinctif. Une fois encore elle connaissait les scrupules qui hantent perpétuellement les cœurs trop parfaits. Des sommets purs et neigeux d'où l'œil entrevoit l'infini, la main d'un homme avait su la faire descendre; mais, dans la chaude vallée où s'épanouissait leur tendresse, quelle moisson de fleurs éclatantes et parfumées!

— Albert! mon adoré! soupira-t-elle. Si je te donnais mon amour autrefois, qu'est-ce donc que je te donne aujourd'hui?

— Tu lui donnes la passion ! répondit une voix mystérieuse, légère comme un souffle.

Cette voix ressemblait tellement à celle d'Herma que Thérèse tressaillit et regarda autour d'elle. Mais aucun être humain n'était là. Elle pouvait rêver, rougir, soupirer sans crainte. Vaguement, elle comprenait la vérité. Où était la paix des vieux murs de Sénac ? L'éblouissement parisien, avec son atmosphère spécialement faite pour étourdir et exciter, l'avait remplacée. L'amour était le même ; le cadre de l'amour avait changé. Autrefois, ils s'arrachaient, pour l'intimité conjugale, aux douceurs argentées d'une nuit pure, chantée par le rossignol. A cette heure, ils retrouvaient le tiède sanctuaire au sortir d'une salle inondée de flots lumineux, encombrée d'élégance et de beauté, saturée d'une harmonie dont le trouble des sens est le but suprême. Deux cœurs jeunes, intacts, parfaits, peuvent-ils vibrer de même à la brise de la forêt ensommeillée ou sous la chaude haleine d'un volcan ?...

Ainsi, la nouvelle Psyché, soudainement éclairée par une amie moins naïve, découvrait un monstre, — adorable, adoré ! — à la place

qu'elle croyait occupée par quelque jeune
habitant des cieux aux ailes frémissantes.
Longtemps elle songea, toute seule dans son
boudoir, s'interrogeant, s'examinant selon la
vieille habitude un peu perdue, craignant de
se trouver amoindrie parce qu'elle se trouvait
autre, et se disant tout bas, avec un soupir
qui faisait palpiter sa poitrine, gonflée depuis
quelque temps par une sève plus terrestre :

— Qui me dira pourquoi je souffre d'être si
heureuse, et pourquoi je suis si heureuse de
souffrir?

Pour cette fois, la Révérende Mère de Chavornay, malgré toute son expérience, ne pouvait être utile à sa nièce.

VII

Pendant ce temps-là, Sénac faisait, dans le cabinet de maître Guidon du Bouquet, membre du conseil de l'ordre des avocats de Paris, une découverte d'un genre tout différent et dans laquelle il était moins facile d'apercevoir un côté agréable.

— Monsieur le comte, lui disait l'éminent juriste, j'ai le devoir de vous dire que votre affaire n'est pas si simple que vous croyez. Nous allons, si vous voulez bien, résumer la situation qui ne vous est pas très connue, j'en ai peur. Il y a cinq ans, plusieurs fabricants

de chaux, voisins de votre habitation de l'Ardèche, eurent l'idée de syndiquer leurs éta-
blissements en une seule société. Ils prépa-
rèrent des statuts, émirent des actions, et choi-
sirent des administrateurs-fondateurs, parmi
lesquels vous aviez naturellement une place.
On ne vous demandait pas d'argent, mais seulement le droit de fouiller dans vos terrains.
Là-dessus, vous êtes parti pour les Indes...

— Voyons, interrompit Sénac, nous n'allons pas revenir là-dessus. Je la connais très
bien, au contraire, la situation. Les *Ciments
coopératifs* mangèrent leur capital en deux ans;
après quoi ils firent juger que j'avais causé
tout le mal par mon absence, d'où une somme
de cent mille francs que je dus leur payer. Entre
nous, c'était une basse flatterie, car, même en
donnant mes jours et mes nuits à la chaux, je
n'aurais pas été capable de procurer un bénéfice de cent sous à mes actionnaires. Enfin,
j'ai payé et je ne vous en veux pas, mais...

— Monsieur le comte, protesta Guidon, vous
auriez tort de m'en vouloir, car vous avez fait
contre vous-même la plus magnifique des plaidoiries. J'entends encore votre adversaire :

« Messieurs de la Cour, celui que mes infor-
tunés clients cherchaient vainement à son poste,
à l'heure du travail et du devoir, je le cherche
en face de moi et ne le trouve pas davantage,
quand il s'agit pour lui de vous expliquer sa
conduite!... »

Guidon du Bouquet déclama la tirade avec
une exagération si drôle de gestes et d'atti-
tudes, qu'Albert ne put s'empêcher de rire.
L'avocat, reprenant son ton naturel, poursuivit :

— Vous prenez la chose en grand seigneur,
mais faites attention que le procès civil d'alors
est un jeu d'enfant auprès de l'action correctionnelle d'aujourd'hui. La loi nourrit envers
les fondateurs de sociétés une défiance trop
souvent justifiée, car ils n'ont pas tous votre...
honorable candeur. Elle impose des obligations
rigoureuses au moment de la fondation et,
pour peu qu'on ait omis une pauvre petite
formalité, pour peu qu'il manque un louis,
par exemple, au versement du quart obligatoire, la Société est nulle dès son origine. Votre
ami Cadaroux affirme que c'est le cas, autrement dit que les *Ciments coopératifs* n'ont jamais

8

existé régulièrement. Or : *quod vitiatur*, *ab
initio…*

— Parbleu! s'écria Sénac, en voici d'une
bonne! La société n'aurait jamais eu d'existence! Elle existait bien, cependant, quant il
s'est agi d'encaisser mes cent mille francs.

— Ce sont là des subtilités juridiques dont
les profanes seuls sont embarrassés. Il n'en est
pas moins vrai que, si votre société est nulle,
vos actionnaires ont droit à retirer leur argent.
L'argent étant parti, nouveau procès, au civil,
celui-là, et gagné d'avance. Les fondateurs
sont condamnés à rembourser le capital : trois
millions, dont vous auriez à faire au moins
deux millions pour votre part, vos collègues
étant pour un bon nombre réduits à la men-
dicité. Mais, pour le moment, nous sommes
au correctionnel. Ce n'est pas d'argent qu'il
est question. Si vous êtes reconnu coupable de
déclarations frauduleuses, il y va pour vous de
la prison, mon cher client.

Albert éclata de rire pour la seconde fois,
mais déjà sa gaieté n'était plus aussi franche.

— Allons! allons, fit-il, je n'ai jamais mis
le pied aux assemblées préparatoires, ni aux

réunions subséquentes. Ces braves gens m'ont demandé mon nom et pas autre chose. Que diable! tout Paris se tordrait, si quelqu'un, fût-ce le garde des sceaux, m'accusait de malpropreté.

— Sans doute. Malheureusement, ce n'est pas le Tout-Paris qui vous jugera, mais la dixième chambre, connue pour son... scepticisme. Quelle fâcheuse idée vous avez eue d'accepter le siège social à Paris! Vous n'avez donc pas vu que ces braves citoyens des bords du Rhône n'avaient d'autre but que de s'offrir quelques voyages dans la capitale, aux frais de « la Princesse ». Devant un tribunal de province, nos adversaires ne seraient même pas écoutés. A Paris, le moins qu'ils puissent faire est de nous ennuyer extrêmement.

Albert de Sénac ne riait plus et, pour conserver son calme un peu dédaigneux, il avait besoin d'un certain effort. Il s'étonnait lui-même de sentir qu'une moiteur légère avait mouillé ses tempes à ce mot de « prison », jeté si agréablement dans l'entretien.

— Quelle jolie époque! s'écria-t-il. Enfin, mon cher Guidon, il ne s'agit pas de me faire

peur comme à un enfant. Je suis parfaitement
sûr que vous me tirerez de là.

— Je l'espère de tout mon cœur, bien que
nous ayons en face de nous un adversaire
absolument enragé, et très retors en même
temps. Qu'est-ce que c'est donc, à propos, que
le sieur Cadaroux?

— Un voisin de campagne, dont le grand-
père a volé le mien sous la Révolution.

— Il paraît vous en vouloir furieusement,
car je démêle autre chose que l'intérêt dans
sa façon d'agir.

— Je crois qu'il en veut surtout à son
aïeul, de nous avoir volés moins définitivement
qu'il n'aurait pu le faire. Quant à moi, mon
crime est sans doute de n'avoir pas conduit
madame de Sénac en visite dans cette maison,
fruit de *nos* économies.

— Heu! heu! si l'on y regardait toujours
d'aussi près... Ce brave homme est riche?

— Probablement. La moitié des habitants
du canton lui doivent de l'argent.

— Monsieur le comte, une idée : si vous
faisiez la paix avec Cadaroux?

— Mon cher maître, écoutez-moi bien. Je

ne vous dissimule pas que la prison me déplairait fort. Mais plutôt que d'être aimable avec Cadaroux, j'irai en prison.

— Cela veut dire, conclut Guidon, qu'un gentilhomme commet plus qu'une folie en introduisant le bout de son doigt dans les affaires. Car, tôt ou tard, il est obligé de choisir entre Cadaroux et la ruine. Or, quelquefois, cette noble victime choisit Cadaroux. Et voilà pourquoi le *krach*, dont on fait semblant de ne plus se souvenir, a porté un coup autrement sérieux à la noblesse, sous certains rapports, que toute la Révolution. C'est l'événement politique le plus important du siècle au point de vue de la confusion sociale. Notre époque vous a vus, messieurs, vous jeter en masse dans les affaires. Et comme, naturellement, vous n'avez pas réussi, tous les Cadaroux quelconques, les républicains, les millionnaires de toute religion, dont vous vous écartiez autrefois, ont reçu les politesses forcées des grands seigneurs, car tous vos pareils n'ont pas l'échine aussi raide que vous. Mais il ne suffisait pas de faire amende honorable; vous avez dû travailler, messieurs, et beaucoup

8.

d'entre vous travaillent du matin au soir. De
là cette abolition de la galanterie dont le ci-
devant noble, oisif en temps de paix, conservait
les traditions et le privilège. De là cette rélé-
gation de l'amour au nombre des choses
démodées, progrès dont gémissent vos femmes
et vos filles, réduites à se montrer singulière-
ment faciles dans leurs attentions, quel qu'en
soit le motif. Vous n'avez plus le temps de
vous occuper d'elles !

— Tiens ! fit Sénac, vous me prenez un de
mes aphorismes.

Ils se quittèrent là-dessus. Le comte regagna
sa maison, le cœur chargé d'ennui, car il comprenait que l'heure était venue d'informer Thérèse des catastrophes plus ou moins probables
qui menaçaient leur repos.

Nul ne peut savoir ce qu'il endura dans
cette conversation, dont il s'efforça pourtant
d'atténuer de son mieux le caractère pénible.
Thérèse fut ce qu'une femme de son espèce
devait être en pareille conjoncture : calme, énergique et supérieure à toute émotion mesquine.
D'ailleurs, elle éprouvait une sorte de joie en
découvrant qu'une nécessité rigoureuse avait

seule motivé le retour d'Albert à Paris. Le
pauvre homme, toutefois, n'eut pas le courage
de laisser voir le danger dans toute son étendue. Encore moins montra-t-il de quel poids
la main de Cadaroux pesait dans toute l'affaire.
Il ne pouvait se l'avouer à lui-même sans que
la rougeur lui vînt au front. Pour la première
fois de leur vie, les deux époux virent arriver
avec soulagement la fin d'un tête-à-tête. Ils
éprouvaient le désir d'être seuls, chacun de
leur côté, pour se remettre d'une impression
désagréable et soulever un instant de leurs
fronts les masques qu'ils y gardaient, désireux
de se cacher leurs inquiétudes l'un à l'autre.

VIII

Lorsqu'il eut prévenu sa femme des complications possibles qui menaçaient l'avenir, Sénac
estima qu'il s'était mis en règle quant à la
solidarité conjugale et, pendant plusieurs semaines, Thérèse n'entendit plus parler du procès.
Toutefois il serait faux de dire qu'elle oublia
jusqu'à son existence. Il n'est pas au pouvoir
d'un homme, si parfait qu'il puisse être et
aussi amoureux, de se montrer absolument le
même pour sa femme, soit qu'il vienne d'écouter une symphonie de Mozart, soit qu'il sorte
d'étudier, pendant deux heures, le fort et le

faible d'une cause d'où peut sortir sa ruine, et la boue jetée à son honneur.

Malheureusement, Thérèse était de ces organisations raffinées qui perçoivent des dixièmes de sensation, de même que certaines balances fléchissent au poids d'une aile de mouche. Un geste un peu brusque, une parole un peu saccadée, l'imperceptible distraction d'un regard, tout l'impressionnait péniblement quand il s'agissait d'Albert. Elle ne se disait pas : « Il m'aime moins. » Elle se disait : « Il faut que sa préoccupation soit grande pour le changer, même si peu. » A coup sûr, elle était à cent lieues de lui en faire un reproche et, d'ailleurs, elle souffrait moins pour elle que pour lui, sachant qu'il était de tous les hommes le moins préparé à certains combats matériels de la vie.

Il avait une manière navrante, bien qu'il se crût un maître en dissimulation, de l'embrasser au front, sans rien dire, quand il la quittait pour aller à ses interminables conférences. Il faut dire que le prudent Guidon forçait plutôt la note pessimiste, afin d'entretenir le zèle de son client trop disposé à le laisser se tirer d'affaire tout seul. Bientôt Thérèse observa que son mari ne parlait plus de ces projets qui étaient autrefois comme une distraction à l'amour, dans l'intimité de leurs causeries. Plus d'embellissements en perspective, soit au vieux château, soit à l'hôtel du quai d'Orsay! Plus de ces gâteries coûteuses qu'il proposait, sans se lasser à voir qu'elle les refusait presque toujours! Plus de charitables combinaisons — toujours acceptées, celles-là — en faveur des malades et des pauvres! Et, malgré le luxe obligatoire et non diminué d'un train seigneurial, on devinait au fond de la pensée d'Albert ce mot d'*économie* qu'il n'avait pas le courage de prononcer, mais dont il avait les lèvres brûlées, lui qui s'indignait autrefois de ces *non possumus* de notre fin de siècle : « Cela coûte trop cher et je n'ai pas le temps. »

Sans vouloir se l'avouer l'un à l'autre, ils étaient humiliés de reconnaître qu'ils étaient moins heureux, de sentir leur bonheur troublé par cette cause dépourvue de noblesse, de compensation et de prestige, méprisable pour les cœurs élevés et tendres : *l'argent!* Comme ils auraient souri, à l'époque où ils s'aimaient

déjà sans espérer que cet amour dût triompher
jamais, comme ils auraient souri dédaigneuse-
ment, si cette prédiction eût été faite :

« C'est l'argent qui jettera la première
ombre sur les joies de votre rêve réalisé ! »

Ils ne savaient pas, alors, que l'argent, dans
l'organisation actuelle de nos mœurs, n'est plus
un métal qu'il est permis de tenir pour vil, mais
un élément d'autant plus vital et nécessaire qu'il
est répandu partout comme l'air respirable.

Tant qu'ils affluent en quantité suffisante,
l'air et l'argent passent inaperçus. A la minute
où ils deviennent rares, l'épreuve commence.
L'être menacé s'inquiète, s'agite, se débat, s'ac-
croche à tout, brise les obstacles. C'est alors
que les dignités s'abaissent, que l'union des
époux se brise, que les frères entrent en lutte,
que le fils a des paroles qui font pleurer sa
mère. C'est alors qu'éclate l'injustice des re-
proches, que les compromis s'acceptent, que
certains traités d'alliance étonnent.

Qui n'a vu ces convulsions d'une physionomie morale jusqu'alors conservée dans sa noblesse, et tout à coup défigurée par cette crise
aiguë : le manque d'argent !

Pour des êtres comme les Sénac, de pareils abaissements n'étaient pas à craindre. Mais déjà le malaise avait commencé. Une pensée constante, importune, troublait leur tendresse. En même temps, ils étaient forcés de se quitter davantage dans leur inquiétude, eux qui ne se quittaient jamais, autrefois, dans leur sécurité. Encore si Thérèse avait pu passer les heures d'attente dans le petit salon intime, cousant pour les pauvres, tandis que Mrs Crowe lisait à haute voix ! Mais le monde, quelquefois si plein d'indifférence pour les tourments d'autrui, les accablait d'une compassion qui n'allait pas sans un mélange convenable de sévérité.

— Pauvre jeune femme ! disaient les douairières. Quel avenir affreux ! Ah ! les mariages comme le sien tournent toujours mal !

Celles dont le mariage avait mal tourné, pour d'autres raisons, généralement plus personnelles, s'apitoyaient avec de jolis soupirs :

— Elle n'aura pas été heureuse longtemps !

Quant aux hommes, leurs condoléances plus ou moins sympathiques répétaient, sous une autre forme, les commentaires de Guidon du Bouquet.

— Toujours le système de la guerre au couteau contre les gens bien nés qui veulent employer leur intelligence ! Que voulez-vous que fasse un gentilhomme contre les francs-maçons, les républicains et les juifs ?

Madame de Chavornay, sans quitter son parloir de l'avenue Kléber, était la femme la mieux renseignée de Paris sur les on-dit du Faubourg. Elle manda un beau matin son neveu et sa nièce, qui se rendirent un peu inquiets à son appel, s'attendant à la trouver d'autant plus troublée par les ennuis temporels de ses enfants d'adoption, qu'elle avait passé toute sa vie hors de l'atteinte de maux semblables. Ils se trompaient ; la bonne religieuse était fort calme. Elle reçut son neveu et sa nièce en présence de son conseil privé, c'est-à-dire du fameux Champenois, qui cumule tant de fonctions diverses et même contraires, qu'on se demande comment il y a d'autres hommes affairés dans la bonne ville de Paris.

Champenois s'est fait avocat vers la soixantaine, ayant cédé à son fils, pour l'établir, son étude d'avoué, l'une des premières de Paris. Sénateur, ancien ministre, membre de

9

l'Institut, régent de la Banque de France, mar-
guillier de sa fabrique, il est spécial pour certaines entreprises manifestement désespérées.
C'est à lui qu'on s'adresse quand il s'agit de
réconcilier tels époux dont les aventures ont
fait le tour de l'Europe, ou quand il faut
soutenir une société à la veille d'ébranler
l'univers de sa chute. Sous le poids de ces
confidences, de ces responsabilités, de ces
inquiétudes capables de faire mourir de la
jaunisse un homme ordinaire, Champenois
circule tranquille, portant une bonne humeur
gouailleuse sur son visage, dont le teint
brouillé se confond avec le coloris terne des
favoris et des cheveux. Telles ces enluminures
lestement traitées, où l'artiste, économe de
son temps et de sa peine, enlève d'un coup
de pinceau la figure entière des personnages.
Mais il ne faut pas se fier à l'enveloppe.

Champenois eut un éclair de curiosité dans
l'œil en voyant entrer la belle comtesse de
Sénac. Il se leva, fit un grand salut, se rassit
et, dès lors, on aurait pu croire qu'il avait
en face de lui une cliente misérablement dépourvue de charme et de jeunesse, tant il

conduisit l'interrogatoire avec une froide précision. En cinq minutes il fit, à l'usage de
la vieille religieuse, un résumé du procès et
de ses chances, tellement lumineux et tellement profond, qu'Albert fut sur le point de
battre des mains. Il venait d'apprendre des
choses que Guidon du Bouquet n'avait pas
vues ou ne lui avait pas dites, dans leurs conférences presque quotidiennes. En somme, la
consultation de Champenois était plutôt opti-
miste. Il était le docteur Tant-Mieux de la
maladie dont l'autre était le docteur Tant-Pis,
et cette confiance, affectée ou non, fut pour
ses trois auditeurs un grand soulagement. Il
prit congé, détailla la comtesse de la tête aux
pieds, par un dernier regard rapide, et lui
demanda, un peu distrait :

— Connaissez-vous Montoussé ?

— Non, répondit-elle, ouvrant ses grands
yeux. Qui est-ce ?

— Le président qui jugera votre affaire.
Mais je suis fou; comment pourriez-vous le
connaître, étant donné le monde qu'il voit ?

Champenois parti, madame de Chavornay
prit la parole à son tour.

— Mes enfants, dit-elle, vous n'êtes pas si malades que je le croyais, d'après ce qu'on raconte, et nos bons amis vous enterrent un peu vite. Mais je pense que c'est votre faute : on ne vous voit pas assez. Donc, ma nièce, mettez une belle robe, courez les salons et dites poliment à ces croque-morts, entre deux sourires, qu'ils sont des imbéciles. Vous, mon neveu, retournez à votre cercle et tâchez qu'on y prononce votre acquittement. Ce sera l'affaire de quelques cigares, d'autant que le sieur Cadaroux n'a pas l'avantage d'être du Club. Le lendemain vous aurez deux cents avocats plus convaincus que maître Guidon, et surtout plus assurés de leur propre mérite. Voilà quelle est la grande utilité des cercles. Il est bon que les magistrats soient informés que l'opinion est pour vous. La Justice est aveugle, mais elle n'est pas sourde.

En sortant du couvent, Sénac dit à Thérèse :

— J'admire si votre tante ne connaît pas le monde mieux que nous.

— J'ai toujours entendu affirmer que les étrangers connaissent Paris mieux que les Parisiens, répondit la jeune femme.

Dès le lendemain, obéissant aux prescriptions de l'oracle, elle visita les salons comme elle eût visité les reposoirs de la Semaine Sainte : en vue de gagner les indulgences. Le mois de juin étant commencé, il ne s'agissait plus de ces *jours* qui entassent vingt personnes dans un appartement, sans conversation possible. On s'allait voir de bonne heure ; on se trouvait entre soi, dans un cercle intime, très peu nombreux ; l'entretien n'y gagnait pas en charité, mais on avait le loisir de faire la besogne plus délicatement : on ne lardait plus, on écorchait, sans crainte de travailler, en ignorance de cause, devant un ami trop dévoué de la victime.

Thérèse avait appris sa leçon, mais on ne lui laissa pas le temps de la réciter, tant la curiosité qui s'attachait à sa personne était grande. Il n'arrivait pas souvent qu'on pût la voir de près et l'étudier commodément. On lui parla, sans s'appesantir, des affaires de son mari et de ses propres inquiétudes ; c'était un détail d'intérêt secondaire. D'ailleurs, elle avait un sourire parfaitement tranquille, quoique un peu fier, et le plus délicieux des chapeaux

Voilà plus qu'il n'en faut pour rassurer des amis consumés d'une sympathique angoisse. Comme de juste, elle commença la tournée par les douairières, dont elle reçut force caresses. Madame de Castelbouc mit la conversation sur les étrangères, d'où elle tomba sur les Polonaises, d'où elle vint se fixer sur madame de Boisboucher.

— Vous la voyez beaucoup?

— Mon mari la trouve amusante et pas commune.

— Naturellement. Ils déblatèrent ensemble sur la société française que M. de Sénac juge incolore et indigne de lui.

— C'est qu'il a beaucoup voyagé...

— Un peu trop, même, à en juger par les procès qu'on lui fait.

— Oh! madame, commença Thérèse entrant dans son sujet, l'idée de faire passer mon mari, tel que vous le connaissez, pour un brasseur d'affaires, capable de ruiner ou d'enrichir les autres, cette idée-là est sublime. Je vous assure que nous en rions les premiers.

— Si vous riez, tout est pour le mieux. N'en parlons plus. Mais alors tâchez que cette bonne âme d'Herma n'aille pas crier partout que vous êtes sur les charbons ardents. On assure qu'elle a les confidences de votre mari, « mon cousin de Sénac », comme elle dit. Entre nous, d'après ce qu'on raconte, voilà un cousinage qui ne lui a pas coûté cher !

— Je ne croyais pas que mon mari fût homme à semer les confidences, ni à confier des chagrins qu'il n'a pas, répondit Thérèse un peu froissée.

Le terrain où s'engageait la conversation lui déplaisait tellement qu'elle écourta sa visite ; en cinq minutes ses chevaux la mirent à la porte de la duchesse de Lautaret, cette artiste du grand monde qui serait une des grandes artistes de l'époque — si elle n'était pas duchesse. « Tout pour le chant ! » c'est la seconde devise de la maison ; vieille, opulente et noble maison, sans autre chef qu'Anceline, dont tout Paris connaît le charmant visage, lumineux d'intelligence et — il semblerait — de bonheur. Le seul bonheur qui lui manque la fait indépendante. Sa fortune et son titre, un vieux titre bien français, lui donnent le droit de recevoir qui bon lui semble. Elle en use largement, et, s'il faut en croire la marquise de Castelbouc, l'immense moquette rouge de son escalier ne ressemble pas au marche-pied des carrosses de Louis XIV. Mais la jolie duchesse a le droit d'ignorer les critiques des douairières, car elle ignore elle-même ce que c'est que critiquer.

Thérèse la trouva en train de causer, au milieu d'une forêt de pupitres chargés de partitions, avec une femme remarquable par sa figure, que madame de Lautaret ne nomma point à sa nouvelle visiteuse, et qui prit congé presque aussitôt.

— Encore des répétitions ? demanda Thérèse. Je croyais votre saison finie.

— Ma saison *sérieuse*, oui. Mais j'organise un concert pour l'*Œuvre des cancéreuses*. A propos, je vous inscris pour chanter dans mes chœurs.

— Je n'y vois qu'un obstacle : je n'ai pas de voix, dit Thérèse en riant.

— De la voix ! il s'agit bien de voix. C'est bon pour les femmes laides, d'en avoir.

— Il faut donc supposer que madame la duchesse trompe indignement soit les oreilles des

gens, soit leurs yeux, dit la jeune femme avec
une révérence drôle.

— Qu'elle est gentille! Mais on ne m'y
prend pas, ma petite. Votre voix n'est qu'un
prétexte. La vérité, c'est que ce monstre de
mari nous tient en chartre privée. Dites-lui
que sa cousine Herma fait partie de ma
troupe. Ça le décidera; je vous mettrai à côté
d'elle.

Et de deux! Madame de Sénac se leva pour
partir, dès qu'elle put.

— Je ne vous parle pas de votre procès, dit
la duchesse en la reconduisant.

Elle en parla, néanmoins, et même avec
une sagacité prodigieuse, car Anceline fait
l'étonnement des hommes d'affaires les plus
consommés, quand elle s'occupe des questions
pratiques.

— N'ouvrez pas de grands yeux en me
voyant si bien informée, expliqua madame de
Lautaret. J'ai eu ce matin la visite de Champenois. Il paraît que vous avez maille à partir
avec des coquins abominables. Mais courage!
tout s'arrangera. J'en ai bien vu d'autres, moi
qui vous parle, et je connais du monde un peu

partout. Savez-vous ce qu'il faut faire ! Amenez
votre mari dîner chez moi demain soir. Il n'y
aura personne, sauf madame du Plessis-Tison
et Javerlhac. Pendant qu'ils abîmeront leur
prochain et reviseront l'armorial de France,
nous causerons de votre affaire. Peut-être
pourrai-je vous aider.

C'était le cas de s'arrêter chez la vieille marquise du Plessis-Tison, avec qui Thérèse de
Sénac était en retard.

— Je crois, madame, dit celle-ci dans la
conversation, que nous dînons ensemble
demain à l'hôtel Lautaret.

— Vous êtes invités, mes chers amis ? Ah !
tant mieux ! Cela prouve que ce sera une
fournée *comme il faut*. Anceline est la meilleure
des femmes, je le concède ; mais c'est la Mère
des Miséricordes, c'est-à-dire des promiscuités.
Quand je pense qu'elle a fait servir le thé
chez elle par sa fille unique, assistée de
madame Chandolin ! Connaissez-vous madame
Chandolin ?

— Pas trop. A moins que ce ne soit une
jolie jeune femme blonde, qui ressemble à une
Vierge de Murillo...

— Bonté divine ! chère petite ; si Murillo vous entendait...

— Qu'est-ce qu'on lui reproche, à cette madame Chandolin ?

— On lui reproche tout, son mari d'abord, et puis les robes qu'elle a sur le dos. Vous souvenez-vous d'un roman ?... Mais on ne lit pas de roman chez les Bernardines, et vous y êtes encore un peu. A propos, votre mari vous laisse donc sortir seule, maintenant ?

— Pour venir chez vous, madame.

— Ça, mon cœur, vous n'y trouverez pas de Chandolin. Vous savez : je l'aime beaucoup, votre mari. C'est un de nos derniers hommes vraiment comme il faut. Du reste, il a de qui tenir. Les Sénac ne sont pas ducs, les Quilliane ne l'étaient pas. Mais vous savez, ma chère, la plupart des duchés ne sont qu'attrape-nigauds, quand on y regarde d'un peu près. Croyez-vous que les Lautaret feraient les preuves que nous pouvons faire, vous ou moi ? A propos, j'imagine que votre second fils relèvera le nom et les armes de Quilliane, que votre pauvre frère emporte avec lui...

Après une demi-heure de considérations

généalogiques, Thérèse parvint à s'enfuir ; il
était quatre heures ; dans la maison qu'elle
visita ensuite, elle n'eut qu'à déposer des
cartes.

Elle se souvint alors que, le matin, Herma
de Boisboucher avait envoyé un « petit bleu »
pour annoncer qu'elle était malade, et que ce
serait une bonne œuvre de l'aller voir. Albert
avait dit à sa femme :

— Passez-y donc. J'irai si j'ai le temps,
mais c'est douteux.

Madame de Sénac, en fait de bonnes œuvres,
ne recherchait pas de préférence les visites de
malades aussi bien logés. Mais elle se souvint
de l'avertissement de la marquise de Castelbouc, et pensa que l'occasion était bonne
d'aller refroidir un peu le zèle de cette amie,
prophète de malheur. C'était la troisième fois,
tout bien compté, qu'elle faisait le voyage de
l'avenue Bugeaud, où Herma et sa mère habi-
taient un petit hôtel de style mauresque,
amusant à force de fausseté.

L'intéressante malade s'était piquée une
heure avant à la morphine. Elle languissait
délicieusement sur une chaise longue, dont

madame de La Clamouse, fagotée à son habitude, relevait les coussins avec onction.

— La bonne surprise ! fit Herma en apercevant Thérèse. Vous avez deviné que j'avais
besoin de la compassion des âmes charitables.

— Je n'ai rien deviné du tout ; vous avez
oublié votre télégramme ? dit en souriant la
comtesse. Morphine, voilà bien de tes coups !

— Et vous êtes venue à moi, déesse altière
qu'on voit si peu hors de son nuage. Quelle
faveur inespérée ! On vous permet donc de
sortir seule, maintenant ?

— On me permet tout ce qui est bon et
utile. Or, il est bon d'aller voir les pauvres
malades comme vous, et utile, parfois, de calmer les inquiétudes exagérées d'une amitié
comme la vôtre. Sans plus de phrases, il m'est
revenu que vous nous plaignez un peu plus
tôt et un peu plus fort qu'il ne convient, ce
qui a le désavantage de troubler ceux qui nous
aiment et de réjouir les autres. Dieu merci !
les tours de Notre-Dame se voient de trop loin
pour qu'il soit à la disposition du premier
venu de nous faire condamner à l'amende,
comme les ayant emportées.

La mercuriale, si déguisée qu'elle fût, toucha au vif madame de Boisboucher qui n'entendait pas raillerie quand il s'agissait du tact qu'elle prétendait avoir.

— Bon ! fit-elle. Est-ce votre mari qui vous a chargée de me faire la leçon ?

— Nullement. J'imagine qu'il me trouverait un peu jeune pour faire la leçon aux autres.

— La raison n'est pas très bonne, car vous vous y entendez au mieux, chère cousine. Mais il y en aurait une meilleure. C'est que votre mari a le droit de tout me dire par lui-même. Nous sommes de si vieux amis !

Thérèse, à ces mots, eut une impression qu'elle connaissait peu : un mouvement très vif d'humeur contre Albert. Que lui reprochait-elle ? Ses visites à Herma de Boisboucher, ou la confiance dont celle-ci l'honorait ? Quoi qu'il en soit, le visage de madame de Sénac parlait si clairement — comme il faisait toujours — que l'intéressante malade jugea prudent de calmer son ombrageuse amie. Sur un signe qu'elle connaissait, madame de La Clamouse quitta le petit salon.

Quand les deux jeunes femmes furent seules :

— Voyons, dit la Polonaise, coupons court
à tout malentendu. Pour rien au monde, je ne
voudrais vous faire l'ombre d'un chagrin. Oh!
ce n'est pas bonté de cœur chez moi. J'ai peur
de vous, tout simplement. Vous n'auriez qu'à
faire un signe pour qu'Albert ne remît plus
les pieds dans cette maison. Or, je tiens à lui,
car c'est le seul homme dont l'amitié n'a jamais
versé et ne versera jamais dans l'ornière parfaitement ennuyeuse des soupirs, des bouderies,
des discussions, de l'amour, en un mot. Il me
connaît trop bien, et puis vous êtes là, et il
vous aime... comme on n'aime plus. Tenez :
si jamais celui-là est infidèle, vous le saurez
tout de suite, car il se jettera dans la Seine
du haut d'un pont, au lieu de rentrer chez
lui, tant il se fera horreur !

Thérèse n'avait pas moins d'imagination
qu'une autre et, depuis quelque temps, elle
conservait peut-être un empire plus incertain
sur cette vagabonde. Elle frissonna étrangement aux paroles de la marquise, et se hâta
de quitter ce terrain aussi désagréable que
nouveau.

— Nous voilà bien loin de mon sujet, fit-elle avec un peu de hauteur. Nous avons quelques ennuis dont le monde veut bien s'occuper avec sa sollicitude accoutumée. Il ne faut pas que nos amis les exagèrent. Vous savez mieux que personne, et par la meilleure des sources, que le danger n'est pas sérieux...

Elle s'arrêta court devant le regard tout à la fois triste et étonné que lui jetait la marquise. Ce regard signifiait clairement :

— Votre mari ne vous dit donc pas ce qu'il me dit, à moi ?

Un silence fâcheux régna pendant plusieurs secondes ; madame de Sénac le rompit la première.

— Que savez-vous ? demanda-t-elle. Je ne puis croire que mon mari me cache la vérité. Ce serait un crime !

— Tout son crime est qu'il vous aime trop. Le danger existe, mais, pour vous éviter une heure de souci, Albert s'imposerait des années de souffrances. Juste le contraire des autres, celui-là ! Vous êtes son idole. Pour vous, toutes les roses de la guirlande, les épines pour lui seul. Plaignez-vous ! Ah ! qu'est ce qu'une fortune de plus ou de moins auprès du bonheur

d'être aimée comme vous l'êtes !... Allons !
n'ayez pas ces yeux tragiques. Parlons d'autre
chose. Oublions ! Voilà de ces occasions où la
morphine... Mais il ne faut pas vous en parler...
Thérèse !... Voyons !... Que puis-je essayer
pour vous distraire ? Ah ! la musique !...

Elle se leva d'un bond, ne pensant plus à
ses vapeurs, et courut à son piano qu'on distinguait à peine dans le demi-jour de la pièce
aux épaisses tentures baissées. Alors une
plainte incohérente, passionnée, qui semblait
s'échapper d'une âme et non d'un instrument,
acheva de transporter Thérèse loin du réel.
Ce n'était d'abord que la répétition de quatre
notes, toujours les mêmes, à peine distinctes
sous le voile austère des accords lourds comme
le poids d'un regret sans espérance. Avec un
effort douloureux, cette plainte vague, étouffée,
prit une forme, et devint l'histoire du chagrin
brisant toute la vie, récit désolé, tantôt s'exas-
pérant lui-même et s'emportant jusqu'à des
cris sauvages de souffrance, tantôt luttant
pour devenir calme et parler mieux encore à
la pitié. Et la lutte, peu à peu, se déchaîna en
une révolte aiguë de l'âme contre elle-même, de

la douleur contre la volonté, de la folie contre
la raison chancelante. Ce fut une tempête de
sanglots, des vagues de passion qui froissaient
jusqu'à la cime du roc le cœur hurlant d'angoisse, ou le plongeaient dans l'abîme sans
fond, sans espérance. Et tout à coup un chant
tomba des impassibles sommets de l'Idéal,
hymne d'une pureté impeccable, surhumaine,
supérieure aux mortelles faiblesses dont elle
arrêtait, pour une minute, le gémissement.
Hélas! qui peut ressusciter ce qui est mort!...
Bientôt l'hymne du ciel fut couvert encore une
fois par les cris douloureux de la terre, et la
lutte recommença, plus heurtée, plus folle,
plus énervante, pour finir dans le silence lugubre d'un anéantissement épuisé.

Écrasée elle-même par l'énervement, la marquise revint à sa chaise longue et s'y étendit,
presque inerte.

— Vous êtes effrayante ! lui dit madame
de Sénac en se levant pour la quitter.

— C'est ce que dit Albert, quand je lui
joue cette valse. Adieu ! Chopin me tuera.
Mais c'est une belle mort !...

Ce qui effrayait surtout madame de Sénac,

c'était moins la prostration de la véritable artiste qu'elle venait d'entendre, que l'état d'esprit où elle se trouvait elle-même. Dans son *moi* moral, sagement pondéré, d'ordinaire, comme ces aménagements de vaisseau dont le tangage ne saurait détruire l'équilibre, elle découvrait subitement un désarroi complet, décourageant, douloureux. Si pénible était son malaise, qu'elle se sentait prête à sangloter, tandis que son coupé la ramenait vers le centre de Paris. Quelle catastrophe était arrivée dans son existence depuis deux heures ! Aucune; et cependant elle souffrait d'une cruelle angoisse.

— Ah ! pourquoi ne suis-je pas restée dans ma solitude ! soupira-t-elle en appuyant sur le satin noir sa tête brûlante.

De ces bavardages qui duraient depuis deux heures, elle ne rapportait que des impressions attristantes, une diminution d'estime pour le monde entier, un doute général sur tout. Mais ce qu'elle rapportait de pire, c'était une vision qui la hantait à cette heure, la vision d'Albert assis dans ce même fauteuil qu'elle quittait, tout vibrant de l'harmonie qui s'échappait des doigts de cette fougueuse virtuose. Que dis-je, de ses doigts! La marquise paraissait jouer avec sa personne tout entière, avec ses yeux brillants de larmes ou brûlants d'éclairs, avec sa bouche crispée amèrement ou mollement pâmée, avec sa lourde chevelure aux reflets fauves, toujours sur le point de s'écrouler, avec la libre souplesse de sa taille ondulant sous les dentelles et sous les soies légères...

Tout à coup une pensée fit tressaillir Thérèse comme une piqûre aiguë :

« Peut-être qu'à cette minute même il entre chez Herma. Il a dit qu'il tâcherait d'y aller. Folle que je suis ! pourquoi ne l'ai-je pas attendu ? »

Elle aperçut, comme dans une vision, la marquise de Boisboucher perdue, inerte, dans le désordre des coussins. Mais la fantasque créature était-elle seule encore ? Pour recevoir Sénac, ferait-elle appeler sa mère ? Ne l'éloignerait-elle pas, plutôt, en l'honneur du mari, comme elle venait de l'éloigner, en l'honneur de la femme ?...

Thérèse de Sénac eut besoin de se souvenir qui elle était pour ne pas dire à ses

gens de la reconduire à la maison mauresque.
A cet instant, la voiture s'arrêta devant le por-
tail sévère des Bernardines. La comtesse ne se
souvenait déjà plus de l'ordre donné naguère.
Elle hésita. Se montrer à la religieuse avec
cette humiliante perturbation dans les idées ?
Lui ouvrir son cœur amoindri par le doute
vulgaire ? Avouer cette chose honteuse, misérable : « Moi, Thérèse de Quilliane, je suis
jalouse d'Albert, de mon mari !... »

Également incapable de la comédie de la
dissimulation ou de l'effort de la franchise, elle
resta dans sa voiture et donna l'ordre de continuer. En voyant fuir les grands arbres du
parc où elle avait connu des heures si peu
semblables à l'heure présente, elle ne put retenir ses larmes :

« Voilà où j'en arrive ! pensa-t-elle. Je suis
du nombre de celles qui « ne reviennent plus » !
Si ma pauvre tante pouvait me voir !... »

Tout à coup l'équipage qui descendait les
Champs-Élysées au grand trot s'approcha des
Quinconces à la hauteur du Cirque, et s'arrêta
au ras du trottoir. Une tête d'homme pénétra
par la portière.

— Serait-ce indiscret de vous demander une place, belle rêveuse ?

Thérèse poussa un véritable cri de joie en apercevant son mari qui s'installa près d'elle. Les chevaux repartirent.

— Tu rentres déjà ? dit Albert.

— Oui; je suis fatiguée. Et toi?

— J'allais à pied chez Herma, moitié pour marcher, moitié pour me distraire, par son caquetage d'oiseau, de deux heures de conférence chez Guidon. Mais j'ai trouvé mieux, ajouta-t-il en baisant la main de sa femme.

Elle ferma les yeux, presque défaillante sous l'excès du bonheur.

— Comme tu es bon et comme je t'aime! soupira-t-elle.

Sans une autre parole, obligés à feindre une correcte indifférence au milieu de la foule qui les dévisageait, ils revinrent chez eux, comptant chaque tour de roue, leurs mains rivées l'une à l'autre invisiblement, pareils à deux amoureux en escapade.

Quand ils furent seuls dans le cher petit salon, libres enfin, ils s'étreignirent dans un long baiser muet, oubliant tout, noyant toute

autre idée dans une ivresse connue déjà, mais
jamais à ce point *voulue*. Ils se sentaient plus
unis, plus tendres qu'ils n'avaient été à aucune des heures de leur vie ; mais, sans se le
dire à eux-mêmes, ils étaient étonnés, presque
effrayés, de trouver comme une violence
d'enivrement dans leur tendresse.

IX

Vers la fin de juillet, un premier jugement
fut rendu dans l'affaire des *Ciments coopératifs*.
Il ne touchait en rien au fond de la question,
mais il n'en constituait pas moins un échec,
car, en dépit des efforts de Guidon du Bouquet,
le tribunal de la Seine retenait l'action par
devers lui, au lieu de la renvoyer aux juges
de l'Ardèche. A Paris moins que dans sa province, le comte pouvait compter sur l'influence
de son nom et du prestige de sa famille.

Albert communiqua ce mauvais bulletin à
sa femme, sans lui laisser voir les fâcheux

pressentiments que lui causait l'issue de cette
première escarmouche. Par la même occasion,
la trêve des vacances du Palais suspendant les
hostilités pour trois mois, la question de leur
villégiature fut abordée. Or, il se trouva que
ni l'un ni l'autre n'avaient envie d'aller respi-
rer l'air des coteaux de Sénac.

Le vieux Cadaroux avait été bon prophète
en annonçant, dix-huit mois plus tôt, que la
tranquillité du pays était finie ; mais il avait
oublié de dire qu'il se chargeait pour une
bonne part de l'accomplissement de sa prédiction. Maître du champ de bataille après le départ de ses ennemis, il avait largement usé de
l'exubérante crédulité méridionale, pour convaincre ses compatriotes que le département
était ruiné, et, cela va de soi, ruiné par le fait
du comte.

En vain les amis de Sénac voulaient opposer
le raisonnement à cette fable absurde. Ils rap-
pelaient que l'affaire était morte et enterrée
depuis cinq ou six ans ; qu'elle avait germé
dans l'esprit de quelques industriels minus-
cules, grisés par l'exemple voisin de la colos-
sale exploitation des chaux du Theil ; que les

actions, fixées à deux cents francs et d'un
nombre restreint, n'avaient ruiné que des industriels dont la faillite était à peu près déclarée
la veille de l'émission ; enfin qu'on était venu
chercher Sénac de force, pour mettre son nom
sur les prospectus, honneur qu'il avait déjà
payé cent mille francs, somme respectable.

— En fin de compte, ajoutaient les partisans d'Albert, que sont devenus les titres ?
Cadaroux en a racheté le plus grand nombre
à vil prix, lui qui n'en avait pas un seul en
portefeuille, au début !

Autant de paroles perdues ! Le *procès de la
chaux*, ainsi qu'on l'appelait sur les deux
rives du Rhône, passionnait les esprits comme
l'eût fait une question sociale intéressant la
France entière. Le *Bouscatié*, qui entendait
s'en donner pour son argent, faisait signifier
chaque pièce de procédure en double au château, tandis qu'Albert en avait le régal à Paris. On ne voyait, à la grande grille d'honneur,
que l'huissier Corbassière tirant la cloche,
après avoir ôté sa blouse au tournant de l'avenue, par considération pour la noblesse.

Le jour où le tribunal de Paris se déclara

compétent pour juger l'affaire, Cadaroux ne se
gêna plus pour dire que les Sénac en avaient
dans l'aile, et que les amateurs de vieilles
tours allaient avoir incessamment l'occasion de
s'en offrir une dans les prix doux. Reine sembla
rajeunir. Elle ne doutait plus que son père ne
fût en passe de tenir son serment d'entrer au
château par la porte ou par la brèche.

Dans le groupe des partisans d'Albert, — on
devine que ce groupe n'allait pas en augmen-
tant, — la stupeur fut à son comble. Mais il serait malaisé de peindre le désespoir du pauvre
Fortunat, bien que, par sa profession même,
il fût plus à même qu'un autre de réduire à
ses justes proportions un simple accident de
procédure. Ce qui le désolait plus que tout le
reste, c'était la pensée que Thérèse le confon-
dait sans doute en ses malédictions avec tous
ceux qui portaient son nom, le nom abhorré.
Peu s'en fallut que son cerveau, presque aussi
malade que son cœur, ne succombât dans cette
lutte inégale. Tout s'unissait pour achever son
malheur. Les jours s'enfuyaient; il savait que
la saison de Paris était finie, et l'on n'entendait point parler du retour de la comtesse,

retour attendu par lui pendant de longs mois
comme la joie suprême. Hélas! reviendrait-
elle jamais !

Pour s'excuser de l'abandon où il laissait sa
carrière, il se disait malade et il l'était réellement. Il changeait à vue d'œil, et les fortes
têtes du canton commençaient à dire à demi-
voix, en se promenant sous les platanes de la
place publique de V..., le soir, à la veillée :

— Péchère! Il prend une mauvaise route,
et, s'il continue, son laideron de sœur sera la
plus riche héritière du département, le procès
gagné.

Sur ces entrefaites, des élections munici-
pales eurent lieu dans la commune de Sénac.
Depuis plusieurs années, le comte figurait de
droit, pour ainsi dire, sur la liste des conseil-
lers, sans même qu'il eût besoin de poser sa
candidature. Dans l'occasion, il fut battu, et
ce vote, vu les circonstances, prenait le caractère odieux d'une désertion sur le champ de
bataille. Sa colère dépassa tout ce qu'on pouvait attendre. Pour la première fois, depuis
qu'elle connaissait son mari, Thérèse eut le
chagrin de le blâmer, de discuter avec lui et

de n'en être point écoutée. Dans un premier mouvement de colère, il télégraphia des ordres rigoureux : l'hôpital était fermé; l'école était licenciée; l'entrée du parc interdite aux villageois. Rien ne put empêcher cette explosion de vengeance, ni les raisonnements de la comtesse, ni son appel à des sentiments plus chrétiens, ni même ses larmes.

— Qu'ils s'adressent à Cadaroux pour instruire leurs enfants, soigner leurs malades, et donner de l'ombre à leurs jeux de boules !

Jamais on ne put tirer autre chose d'Albert, mal préparé à la philosophie par la longue épreuve que ses nerfs subissaient. Pour achever son plaisir, il apprit bientôt que Saturnin Cadaroux était nommé maire de Sénac.

Dans ces conditions, et pour toutes ces causes réunies, il ne fallait pas penser jusqu'à nouvel ordre à un séjour dans le vieux château. Le couple se mit en route assez tristement, sous prétexte de santé, pour la villa des Aiguebelles, sur le lac de Genève, avec l'intention d'y rester jusqu'aux premiers brouillards, c'est-à-dire jusqu'à la reprise du procès qui allait entrer dans la phase sérieuse. Mais la

10.

tristesse dura peu. Dans cette retraite élégante,
pittoresque et tranquille, où n'arrivaient plus
les échos fâcheux, Thérèse ne fut pas longue
à retrouver chez son mari les raffinements de
tendresse des jours passés, avec je ne sais quoi
de fiévreux qui leur donnait une saveur inconnue. Ils furent là deux semaines sans sortir,
sans voir personne, sans se quitter une heure.
S'il est vrai de dire que la passion dans l'amour
conjugal réalise le rêve du bonheur parfait,
ces quinze jours sont les plus beaux qu'aura
connus leur vie. Une lettre d'Herma de Boisboucher, qui prolongeait son séjour à Paris, faute
de l'énergie suffisante pour se mettre en route,
vint troubler avant l'heure cette retraite qu'ils
croyaient cachée à tous. Pour cette fois, il ne
s'agissait plus de musique; la Polonaise écrivait :

« Mon cousin, vous allez dire, comme Sa
Bienveillance la douairière de Castelbouc, que
je suis une femme intrigante. Peu m'importe
ce que vous direz, pourvu que vous suiviez
mon conseil, qui est bon. Savez-vous qui habite
une villa dont j'ignore le nom, à peu de distance des Aiguebelles, ce nid mystérieux où

vous roucoulez si fort qu'on vous entend d'ici ?
Vous avez pour voisine la belle madame Chandolin. Et savez-vous qui est la belle madame
Chandolin ? Mon Dieu ! elle est... bien des choses ;
mais elle est en particulier l'amie, l'amie
la plus influente du gros Bérisal, le financier.
Or Bérisal a soutenu l'année dernière un procès pareil au vôtre, mais beaucoup moins
limpide, ce qui ne m'étonne guère, ceci entre
nous. N'empêche qu'il est sorti de là blanc
comme neige, le front plus haut que jamais.
Certes, j'aimerais mieux mourir que d'insinuer
rien de défavorable à la justice épurée de
votre pays, qui fut quelque temps le mien.
Je dirai seulement que le président Montoussé,
le même qui vous jugera, devint tout à coup,
vers l'époque du procès Bérisal un hôte assidu
des Chandolin. Depuis lors, il est resté l'ami
de la maison, avec la réserve commandée par
son hermine dont il a, je veux le croire, les
habitudes irréprochables. D'ailleurs, Magdelaine
est un ange : il n'y a qu'à la voir.

» Et maintenant vous avez compris, n'est-ce
pas ? Faites un effort et soyez tous deux ai-
mables pour les Chandolin. J'admets qu'il y

a des objections, et je vois d'ici la grimace de
ma cousine; mais, après tout, elle peut bien
mettre le bout du doigt là où la duchesse de
Lautaret fourre son beau bras tout entier.
Souvenez-vous d'ailleurs du gentilhomme Al-
ceste, avec qui vous avez parfois un peu trop
de ressemblance, et qui perdit son procès, bien
qu'on ne fût pas en République, pour avoir
été trop fier avec les Chandolin du temps de
Louis XIV. Donc, cher ami, suivez mon conseil et faites un brin de cour — diplomatique
— à votre belle voisine, qui en sera très flat-
tée, et vous en récompensera. De quelle façon ?
Eh ! mon Dieu ! l'on aperçoit Évian des fenêtres de la belle Magdelaine, sur l'autre rive
du lac. Et Montoussé, qui est à Evian, doit
bien visiter la côte suisse de temps à autre, à
moins que ce ne soit la côte suisse... Compre-
nez-vous maintenant ? Vous m'objectez la morale ? Mais, au contraire, *Alberto mio !* Il est
bon, juste et salutaire de fournir à cette
pauvre Magdelaine l'occasion de faire triompher votre innocence, par les mêmes moyens
qui arrachèrent Bérisal à une juste punition.
Cela rappelle nos aïeux qui prenaient la

croix, après quelque estocade douteuse, et lavaient leur épée dans le sang sarrasin. Allons! courage! la journée est au bon droit, pour peu que vous y mettiez du vôtre... »

Cette lettre eut un premier résultat auquel le procès n'avait rien à voir, et que son auteur ne prévoyait guère en l'écrivant. Il faut dire que le courrier parvint aux Aiguebelles à l'heure où Thérèse était à sa toilette, ce qui permit au comte de croire que sa femme n'avait rien vu.

La lecture terminée, il resta quelque temps à rêver en face de sa lettre. A coup sûr, si l'on s'en tenait à la sagesse du siècle, madame de Boisboucher parlait d'or. Mais qu'allait dire Thérèse, dont la sagesse prenait sa source plus haut? Que penserait-elle de son mari, si ce dernier l'engageait à fréquenter madame Chandolin pour en obtenir la protection, et quelle protection! N'allait-elle pas éprouver, en mettant la chose au mieux, un étonnement désagréable?

Toutefois, comme Albert était amoureux avant d'être philosophe, il acheva de se déci-

der d'après des considérations où sa tendresse
avait plus de part que son jugement. De même
qu'autrefois il était resté en Égypte, quitte à
perdre un premier procès, de même il ne put
supporter la pensée de troubler lui-même la
paix délicieuse de l'heure présente. Assez tôt
il faudrait revenir aux affaires sérieuses, entendre encore ces mots odieux de *jugement* et
de *procès* qui remplissaient les quatre pages
d'Herma. Ils étaient si complètement heureux
dans ce paradis terrestre des Aiguebelles! Toutes
les inquiétudes paraissaient oubliées. Fallait-il
les faire revivre avant l'heure fatale du retour?

Profitant du seul instant de la journée où
sa femme le laissait seul, Albert prit la plume
et répondit à la marquise de Boisboucher, en
la remerciant de son intérêt. Sans combattre
son idée par des arguments d'un genre trop
intime pour être confiés à la poste, il disait
seulement qu'il ne voyait aucune occasion naturelle pour se rapprocher de madame Chandolin; et que, d'ailleurs, ce rapprochement,
dont le motif ne saurait guère manquer d'être
visible, risquait fort de tourner d'une façon
désagréable pour les deux parties, voire même

contraire au but. La lettre expédiée, Sénac alla rejoindre sa femme qui faisait semblant de lire un journal sous une charmille, mais qui n'aurait pas pu en dire le titre. Car elle avait aperçu — très involontairement, Dieu le sait — l'enveloppe dont la large écriture diplomatique était reconnaissable à plusieurs pas de distance. Parfois, quand il a toutes ses plumes, on dirait que l'Amour quitte son bandeau pour une paire de lunettes.

En ce moment, Thérèse accomplissait l'effort dangereux de tension intellectuelle dont beaucoup de femmes sont capables quand il s'agit de l'intérêt primordial de leur vie, tendresse amoureuse ou maternelle, ambition, cupidité, vengeance. Une question se dressait devant son esprit fasciné, incapable, à cette heure, de contrôle et de jugement :

« Va-t-il me cacher que cette femme lui écrit ? »

La seule pensée que cette dissimulation *pourrait* avoir lieu la rendait plus malheureuse qu'elle n'avait été depuis sa naissance. Elle regrettait déjà tout ce qu'elle avait fait durant ces dernières années, son voyage en Égypte, sa rentrée dans le monde, son mariage. Elle regrettait surtout de trop aimer son mari, et souhaitait comme une grâce, à cette minute, de l'aimer moins. Hélas! quand il parut sous la charmille, souriant, avec un chaud rayon de soleil dans ses yeux qui ne voyaient que Thérèse, l'infortunée comprit qu'elle ne l'avait jamais aimé autant!

Albert s'approcha d'elle, mit un genou en terre, lui baisa la main, puis le poignet, puis le pli du bras où la manche courte laissait voir un lacis de veines bleues. Elle ferma les yeux, frissonna de la tête aux pieds. Ses lèvres s'agitèrent, mais elle eut la force de rester muette. C'était lui qui devait parler d'abord, qui devait dire :

« Pardonne-moi, *elle* m'a écrit. Voilà sa lettre. »

Le monstre ne disait pas un mot, usurpant les faveurs dont il n'était pas digne, baisant ces paupières tremblantes, ces lèvres où frémissait une douleur qu'il prenait, ô honte! pour l'aveu d'un tendre émoi. En vérité, la pauvre Thérèse était bien à plaindre.

Elle essaya d'engager le coupable dans la

voie des aveux. Elle soupira d'une voix brisée :

— Cher ! si vous trompiez la pauvre femme
qui vous a préféré à tout, soyez sûr qu'elle en
mourrait.

Cette phrase était presque comique à force
de manquer d'à-propos, car assurément Albert ressemblait à tout, sauf à un mari qui
songe à tromper sa femme. Avec un petit éclat
de rire discret, il embrassa Thérèse sur le
front, comme on caresse un enfant qui rêve
tout haut, puis il répondit, — mais alors il
ne riait plus :

— Écoute ! Je veux bien que tu meures, le
jour où je t'aurai trompée.

— La vilaine parole ! dit-elle en montrant à
son mari un fauteuil de bambou près du sien.
Vous semblez croire qu'il n'y a qu'une manière de tromper. Il y en a cent quand il s'a-
git de deux âmes comme les nôtres ! L'horloge du villageois marche assez juste tant
qu'elle suit le soleil à une heure près. Si la
montre du marin le trompe d'une demi-se-
conde, il considère que le marchand l'a volé.
N'ai-je pas raison ?

11

Albert avait oublié depuis longtemps la lettre qu'il avait dans sa poche. Encore moins il se doutait que l'oreille de la comtesse, une oreillle de femme amoureuse, avait deviné le froissement du papier tandis que son mari la serrait sur son cœur. Il répondit, sans la moindre intention perfide :

— Dieu merci! le temps des navigations est passé. Que ferions-nous d'une horloge ou d'un chronomètre? Elles fuient déjà trop vite, ces heures pendant lesquelles nous sommes tout entiers l'un à l'autre dans ce coin prédestiné. Ma bien-aimée! tâchons de vivre sans questionner notre âme!

Les gens d'expérience peuvent imaginer si Thérèse pensa pour deux durant cette journée. Le ciel était magnifique, l'air si pur que chaque aspiration de la poitrine était une volupté. Celui qu'elle aimait ne la quitta pas un instant, lui faisant la lecture à haute voix, comme jadis sur le pont de la dahabieh qui les emportait à Louqsor. De la terrasse où ils étaient assis, leurs yeux pouvaient contempler l'un des plus beaux panoramas du monde. Et pourtant les minutes se traînaient, pour elle, vingt fois plus lentes qu'autrefois, dans sa cellule de novice, au couvent de l'avenue Kléber. Oh! comme elle regrettait alors cette paix du cloître! Car, au prix de l'angoisse présente, les luttes qui s'étaient agitées en elle, entre l'amour d'un homme et l'amour de Dieu, lui semblaient une paix. Il n'y avait plus à douter. Albert avait résolu de garder la lettre pour lui seul, l'horrible lettre, le secret maudit!

Pauvre Thérèse! Elle ne se souvenait plus qu'elle en avait un à son compte : Fortunat Cadaroux et sa poursuite audacieuse. Que celles qui n'ont jamais oublié des secrets moins innocents lui jettent la première pierre!

Sénac s'aperçut que sa femme était distraite et l'interrogea. Elle répondit par le « je n'ai rien » ordinaire en pareille circonstance, tout en croyant mettre dans la réponse et dans le regard qui l'accompagnait une froideur significative. Mais ses yeux désobéissants disaient juste le contraire de ce qu'on les priait de dire, si bien que l'heure finit par arriver où cet époux, réservé aux peines de l'enfer, put se croire aux portes du para-

dis. C'en était trop! Cette contrainte, cette
cruelle souffrance, non moins insupportable
pour avoir une cause imaginaire, cette plainte
depuis des heures prête à sortir et toujours
refoulée par dignité, toute cette torture finit
par dompter les nerfs de Thérèse. Elle s'af-
faissa tout à coup sur la peau d'ours de sa
chambre, aussi blanche que les dentelles de
sa robe de nuit, envoyant à son mari une
supplication suprême dans un regard, éteint
bientôt sous la frange d'or des longues paupières...

Sénac, éperdu de terreur, faillit tomber à
côté d'elle. Appelant à lui toute son énergie et
toute sa force, il la porta sur son lit, cherchant à lui prodiguer les soins les plus tendres.
En réalité, il ne faisait guère que l'appeler
d'une voix tendrement désolée qui semblait
devoir ramener à la vie une morte elle-même.
Thérèse vivait, Dieu merci! Elle ouvrit les yeux,
reconnut Albert, et jeta les bras autour de
son cou avec une violence si passionnée qu'il
en fut presque étouffé. Puis elle fondit en
larmes, sanglotant comme la plus malheureuse
des créatures, le visage tout contre lui.

Pendant une minute, il l'interrogea sans
obtenir une réponse. Enfin elle fit céder la
honte qui lui fermait la bouche à l'horreur
qu'elle éprouvait pour cette comédie sacrilège
prête à se jouer, pour ces baisers qu'elle allait
recevoir et qu'il faudrait rendre, avec un ressentiment mortel caché dans son cœur. Elle
cessa de pleurer tout à coup, et, plus près
d'elle encore, ses bras attirèrent son mari,
peu rassuré par l'incohérence inexplicable de
la crise.

— *Elle* t'a écrit! gémit-elle. Pourquoi me
le caches-tu ?

Sénac ne comprit pas tout d'abord de quelle
correspondance clandestine on l'accusait. La
seule femme dont Thérèse eût le droit d'être
jalouse, cette Clotilde de Chauxneuve qu'il
avait aimée autrefois, n'avait pas donné signe
de vie depuis leur mariage... Il se rappela
soudain qu'Herma de Boisboucher lui avait
écrit le matin même. Ainsi, tout ce qu'il venait
de voir, cette syncope, ces larmes, cette exaltation de tendresse, n'était que la plus vulgaire
et la moins méritée des scènes conjugales! Sa
déception fut grande. Il trempait ses lèvres

dans une boisson amère et glacée, alors qu'il croyait boire jusqu'à l'ivresse une liqueur brûlante, douce comme le miel!

Il était plus mal préparé qu'un autre, par la loyauté et la justesse de son âme, à comprendre la jalousie, cette tendre et sublime injustice des cœurs féminins les plus parfaits. Il n'en avait jamais vu l'explosion, n'ayant jamais été aimé sincèrement et passionnément. Il ne la connaissait que pour en avoir entendu parler à ses amis, de la façon dont les hommes en parlent toujours, c'est-à-dire comme du pire des fléaux, comme d'un mal qu'il faut couper dans sa racine, d'une main ferme. Il se dégagea doucement du frais collier qui l'entourait, fit signe à sa femme de se calmer, la baisa au front, s'assit auprès d'elle, et, sans quitter une petite main qui commençait à devenir brûlante, il dit:

— C'est à cause d'une lettre que tu pleures, que tu t'évanouis et que tu as la fièvre! A cause d'une lettre de notre cousine de Boisboucher! Pauvre Herma! Si elle se doutait!...

La petite main se crispa autour du poignet

d'Albert. D'une voix sourde, les yeux fixés droit devant elle, Thérèse répondit :

— Je la déteste !

— C'est toi qui parles ! répliqua le mari. Toi qui m'as reproché souvent de ne point souhaiter du bien à ceux qui nous haïssent et veulent nous perdre ! Quel mal t'a fait madame de Boisboucher ? Comprends-tu que ta jalousie nous accuse du même coup, moi d'être un homme sans parole et sans loyauté, elle d'être une amie perfide ?

— C'est plus fort que moi, soupira Thérèse. Je n'ai pas pu me vaincre.

— Enfant ! qu'est-ce qui t'inquiète ? Je connais Herma depuis qu'elle est mariée. J'aurais pu lui faire la cour quand j'étais libre : je n'y ai jamais songé. Et je commencerais aujourd'hui ? Hélas ! ai-je le temps de m'occuper des autres, moi qui suis trop souvent séparé de toi par de sottes affaires, quand nous sommes à Paris ?

— Précisément, tu la distingues des autres. Elle te distrait ; tu as confiance en elle. C'est la seule qui ait de l'influence sur toi.

— C'est probablement notre seule véritable amie.

— Tu lui répondras ?

— C'est déjà fait. Sois tranquille. Si tu m'avais dicté ma lettre, elle ne serait pas écrite plus sagement... Tu retires ta main ?

— J'ai froid, soupira Thérèse en remontant la couverture jusqu'à son menton.

Pendant une seconde, Sénac fut sur le point d'en rester là de sa leçon et de dire à sa femme :

— Tu as froid ? Chauffe-toi là, sur mon cœur : Quant à Herma, que son nom même disparaisse de notre souvenir. Demain, pour la dernière fois, elle verra mon écriture, et si jamais une enveloppe à son chiffre s'aventure chez nous, ta propre main la livrera aux flammes, sans que la mienne l'ait touchée.

C'est ainsi qu'un homme ordinaire eût répondu, tout en se promettant *in petto* d'employer à l'avenir la poste restante. Albert de Sénac était de ceux qui n'admettent ni la dissimulation, ni l'inconséquence, ni la faiblesse. Pour tout dire, en un mot, il connaissait peu les femmes et partageait l'erreur de ses semblables, qui veulent bien être aimés avec passion, mais sans jalousie. D'autres que lui, en tuant sans pitié la jalousie, ont éteint la passion.

Néanmoins il eut besoin de faire un effort pour mener jusqu'au bout, avec la froideur nécessaire, la cure morale qu'il avait entreprise. Tirant de sa poche la fameuse lettre, il dit à Thérèse :

— Pour la punition, tu vas lire ces pages. Tu verras qu'elles sont écrites par une femme obligeante et habile. Et si tu trouves qu'elle pousse l'habileté trop loin, souviens-toi de cette question significative de Champenois, en plein parloir monastique : « Connaissez-vous Montoussé ? » Le rapprochement est curieux.

La comtesse, devenue très calme en apparence, parcourut la missive d'un bout à l'autre. Tout ce qu'elle avait gagné, c'était d'entendre dire que madame de Boisboucher avait le beau rôle. D'une voix posée, redevenue maîtresse d'elle-même, elle demanda :

— Ainsi donc, nous allons entrer en relations avec madame Chandolin?

—Ah! Dieu, non! s'écria Sénac dont l'humeur n'était pas encore suffisamment exhalée. Ce serait bien autre chose qu'avec Herma! La Chandolin est coquette, vicieuse, dégagée de

11.

tout scrupule; avec cela, supérieurement jolie.
Si je la voyais, c'est pour le coup que tu te
mettrais dans des états violents!

— Ami, répondit Thérèse, veux-tu me croire?
Je te promets de n'être plus jalouse. Tu m'as
convaincue, ou du moins tu m'as guérie. Non,
plus jamais nous ne recommencerons une
journée pareille à celle-ci. Pardonne-moi le
spectacle ridicule que je t'ai donné. M'évanouir
comme une sotte!... Pareille chose ne m'est
arrivée que deux fois dans toute ma vie...

Elle se tut, ne voulant pas céder à l'émotion
qui la gagnait, car elle se souvenait de cette
première syncope, survenue la veille du jour
fixé pour sa prise d'habit. Sénac devina ce qui
se passait en elle, et, désarmant aussitôt :

— Ne regrette pas ce que tu as fait un jour,
dit-il en la prenant dans ses bras. Je t'aime
à cette heure plus que je ne t'aimais alors,
et Dieu m'est témoin que mon cœur est fidèle.
Ne le crois-tu pas?

— Je crois, répondit-elle évasivement, que
tu m'as donné tout ce qu'un cœur d'homme
peut donner en ce monde.

Albert ne comprit pas la suprême amertume

de ces paroles, et, tout près de l'oreille de sa
femme, sa bouche murmura de tendres prières
de pardon. Elle répondit d'une voix devenue
soudain *maternellement* tendre :

— Je me sens un peu brisée, comme il
arrive après un remède énergique. Va ! ne
crains rien ! Pour tout ce qui dépend de moi,
tu seras heureux.

— Mais toi aussi, tu seras heureuse ?

— Je *suis* heureuse ! Bonsoir : je t'aime
comme il faut aimer.

Thérèse de Sénac pleura longtemps, cette
nuit-là, — par excès de bonheur, sans doute.

X

Quelques jours après, elle trouva dans son courrier une enveloppe furieusement parfumée, portant son adresse en caractères d'un demi-centimètre de haut, ce qui est, pour les élégantes d'aujourd'hui, l'écriture à la mode et la solution de ce problème : dire le moins de choses possible dans une page.

L'enveloppe contenait un morceau de carton gris perle, rayé de larges bandes d'argent, avec un chiffre à peu près invisible à l'œil nu. En revanche, on aurait pu lire à cinq pas les lignes suivantes :

« Excusez-moi, madame, si je vous dérange
à titre de voisine de campagne, quêtant pour
les pauvres. Une de mes amies, la duchesse
de Lautaret, organise en face de nous, à Meillerie, des régates de bienfaisance ; moi-même
je m'occupe de fréter un vapeur pour transporter là-bas les habitants de notre rive qui
veulent bien payer leur *ticket* un peu trop cher.
Vous devinez où ira le bénéfice. J'ai déjà
recruté quelques passagers, et serais très
heureuse si je pouvais porter votre nom et
celui de M. de Sénac sur ma liste. Tout cela
n'est guère correct, je l'avoue ; mais il s'agit
de nos pauvres compatriotes de Savoie, et
nous sommes en Suisse, terre de la liberté.

» Votre voisine et servante,

» MAGDELAINE CHANDOLIN. »

Thérèse passa le billet à son mari d'un côté
de la table à l'autre — ils étaient à déjeuner
— et parut s'absorber complètement dans la
lecture d'une autre lettre ; mais sa main tremblait un peu.

— Quelle écriture ! quel papier ! quel chiffre !
dit Albert, extrêmement ennuyé de voir le

sujet scabreux ramené sur le tapis. Jusqu'à cette manière prétentieuse d'écrire son prénom : Ma-gue-de-laine !

— C'est la forme hébraïque, nota sérieusement Thérèse, tout en continuant sa propre lecture.

Albert se leva de table et se mit à marcher de long en large, raisonnant tout haut :

— Évidemment, notre étourdie de cousine a mis en train ses manœuvres diplomatiques sans attendre ma réponse. Vous ne supposez point, j'imagine, qu'il y a eu nouvel échange de correspondance entre nous ; encore moins que j'ai rien fait pour nous attirer cette invitation indiscrète ?

— Ce n'est qu'une quête pour les pauvres, ce qui supprime toute indiscrétion.

— Oui, mais madame Chandolin sait de quoi il retourne. Si nous acceptons, c'est un traité d'alliance. Un refus nous rend les ennemis de... la grande amie du président Montoussé. Voilà le joli dilemme où nous place la folie d'Herma. Toute sa vie elle n'a su faire que des bêtises ! Parbleu ! il ne nous manquait plus que d'avoir une Polonaise pour nous diriger dans nos embarras !

Thérèse ne disait rien pour attiser cette belle colère, la jugeant peut-être un peu factice.

— Enfin, ma chère, il s'agit de savoir ce que vous décidez, reprit Sénac, en piaffant sous lui pareil à ces chevaux qui pointent toujours à la barrière qu'ils ont heurtée une fois.

Mais Thérèse, un certain soir, s'était juré qu'on ne l'accuserait plus d'être jalouse. Elle répondit :

— Je décide en faveur des pauvres. J'ignore et veux ignorer ce que madame Chandolin peut avoir sur la conscience. Ne jugeons point les autres, afin de n'être point jugés.

— Ou plutôt *afin d'être bien jugés*. Voilà ce que diront les sceptiques.

— Faut-il pas que vous perdiez un procès qui est juste, pour leur faire plaisir?

— Oh! oh! ma chère femme, nous faisons de bien grands progrès dans la sagesse humaine !

— Il n'était que temps ! Est-ce aujourd'hui que nous allons chez notre voisine ?

— Rien ne presse. Pour le moment, une lettre suffirait.

— J'aime autant qu'on ne voie pas votre écriture ni la mienne dans les petits papiers de cette dame.

— Comme vous voudrez, dit Albert.

Au fond de lui-même il était vexé, car il devinait bien pourquoi sa femme faisait si fort la brave. Mais il n'en laissa rien voir, dominé par ce point d'honneur conjugal qui, comme l'autre, mène parfois sur le terrain deux adversaires qui meurent d'envie de s'embrasser.

Donc, le lendemain, ils allèrent chez la belle Magdelaine de même qu'ils seraient allés en Belgique : pour se faire voir réciproquement qu'ils n'étaient pas gens à reculer.

— Madame, dit un peu froidement Thérèse, je viens m'inscrire sur votre feuille de passages pour Meillerie. Vous êtes mille fois bonne de nous avoir offert des places.

— Comment donc, madame ! Je serais allée vous les offrir chez vous sans les bruits calomnieux qui couraient sur votre santé. On vous disait souffrante, et, de fait, on ne vous a vue nulle part sur les bords du lac.

— J'y suis venue, je l'avoue, pour me reposer. Mais on peut bien se fatiguer un jour pour les pauvres.

Une jeune femme, non moins élégante que la maîtresse de la maison, causait à l'autre bout du hall avec un jeune homme à la cravate inquiétante. La pièce étant fort vaste, ils ne s'étaient pas dérangés.

— Venez ici, Valentine, cria madame Chandolin, nous n'avons pas souvent d'aussi belles visites.

Ainsi rappelés à l'ordre, les deux causeurs interrompirent leur duo et s'avancèrent sans enthousiasme. Magdelaine les nomma aux Sénac :

— Vicomtesse de Navacelles, prince de Cadempino.

Elle ajouta, s'adressant à Thérèse :

— Quant à celui que j'aurais voulu vous présenter avant tous les autres, je veux dire M. Chandolin, il est sorti pour faire de la photographie.

— C'est donc qu'il évite les jolis modèles comme d'autres les recherchent, répondit galamment Sénac.

En même temps, il jetait au prince un regard qui semblait dire : « Comment n'avez-vous pas trouvé ça ? »

Cadempino fit semblant de vouloir lui sauter au cou.

— Oh ! ces Français ! que d'esprit ! que de galanterie !

— Le modèle vivant, expliqua Magdelaine, est dédaigné par mon mari. La nature seule l'intéresse. On peut même dire qu'elle l'absorbe. Il ne rentre souvent qu'au soleil couché.

— Mon Dieu ! fit observer Sénac avec une pointe d'ironie, voilà le côté faible de cet art. On ne peut pas photographier la nuit.

Pendant ce temps-là, Thérèse était en butte aux compliments du prince qui, cette fois, faisait semblant de vouloir se jeter à genoux. Mais son accent montrait tout de suite à qui l'on avait affaire, et l'on se sentait rassuré.

— La comtesse de Sénac ! la plou belle des comtesses blondes de Paris, la madona aux cheveux d'or, comme nous l'appelons ! Oh ! ces cheveux ! Oune manteau royal, j'en souis soûr, quand ils se déroulent !

Thérèse, un peu inquiète, regarda son mari,

mais cet unique échantillon de l'espèce visible
pour l'instant causait avec madame de Navacelles, non plus agité que si Cadempino eût
exalté les charmes d'une fresque de Pompéi.
Obligée de se défendre elle-même, la comtesse
essaya de déverser sur madame Chandolin cette
lave de volcan.

— Il me semble, dit-elle en regardant la
belle Magdelaine, que, sous le rapport du
blond, j'ai trouvé ici une rivale.

— Non! c'est trop drôle! s'écria la prétendue
rivale en se renversant dans son fauteuil pour
mieux rire. Valentine, écoutez ça! Madame de
Sénac qui me fait des compliments sur la
couleur de mes cheveux! Vous qui racontez si
bien, je vous recommande le mot.

Valentine de Navacelles, brunette mûris-
sante, au visage mat un peu bouffi, s'esclaffa
de rire sans qu'on entendît le moindre son
sortir de sa bouche gourmande. Elle mit ses
mains sur ses hanches, balança une demi-
douzaine de fois sa tête d'une épaule à l'autre,
et dit avec profondeur :

— Je le donnerai à Dumas pour sa prochaine
pièce.

La pauvre Thérèse se demandait avec frayeur ce qu'elle avait pu dire de si prodigieux. La maîtresse de maison eut pitié d'elle.

— Chère madame, il faut vous confesser que j'ai les cheveux les plus bêtes du monde : ni bruns ni blonds ; entre les deux. Je me teins sans scrupule, comme vous voyez. Or, il n'y a pas deux mois, je faisais mes emplettes de départ avec madame de Navacelles. Nous sommes entrées chez mon coiffeur pour lui demander ma provision de teinture. Et savez-vous ce que je lui ai prescrit ? D'attraper le blond merveilleux de la comtesse de Sénac. Ma foi ! il n'y a pas à dire, — ça y est ! Comme on se retrouve !

Thérèse leva mélancoliquement les yeux vers la glace pour voir si « ça y était » réellement.

Albert, trouvant sa femme un peu morose, vint à son secours :

— Vous êtes embarrassée, ma chère ? Je le comprends ; vous n'êtes pas habituée à des compliments aussi flatteurs. Mais si nous parlions un peu des régates ?

Madame Chandolin développa son programme :

— Le vapeur est loué et le meilleur tapissier
de Genève le décore. Nous aurons à bord un
orchestre pour faire danser, et un restaurant,
pas trop mauvais, j'espère. Le matin des régates nous partons d'ici; nous déjeunons en
route. Le soir, après les courses, nous dînons
à bord, en rade de Meillerie, par tables
séparées. Madame de Sénac voudra bien me
faire l'honneur de s'asseoir à la mienne. J'ai
déjà notre chère duchesse avec ses invités, puis
quelques amis : Luzinargues le journaliste, notre
futur ministre des finances Bérisal, le président Montoussé...

— ... Futur garde des sceaux, continua
Sénac avec une gravité imperturbable. Je vois
que nous serons en bonne compagnie et
j'espère que, pour cette fois, M. Chandolin
délaissera la nature morte.

Au même instant, on remit une lettre à
madame Chandolin qui en prit lecture, en
s'excusant, et manifesta une joie complète.

— Nous aurons toute la coterie Thilorier,
fit-elle en passant la lettre à son amie Valentine. Lise m'annonce huit ou dix personnes.

— Qu'appelez-vous la coterie Thilorier?

demanda Sénac. La chose m'intéresse, puisque nous sommes embarqués sur le même navire.

L'humeur de Valentine commençait à souffrir de l'admiration trop peu déguisée du prince pour madame de Sénac. Elle répondit assez aigrement :

— Le salon de Lise Thilorier est connu de tous les Parisiens.

— Ma chère, vous voyez bien que non, riposta Magdelaine, prenant le parti du comte. Il ne faut pas croire tout ce que cette ennuyeuse vous raconte sur son propre mérite.

— Si elle vous ennuie, pourquoi vous réjouissez-vous de l'avoir sur votre bateau?

— Oh! par pure charité. La recette des pauvres s'augmente d'autant. Si je n'écoutais que mon goût...

— Cependant, à Paris, je ne puis aller chez elle sans vous y trouver.

— Oui; j'y vais passer une demi-heure toutes les fois que je peux. C'est toujours trente minutes pendant lesquelles je suis sûre qu'on m'épargne.

Albert de Sénac suivait avec la satisfaction d'un dilettante la conversation des deux amies.

Pour la détendre un peu, Magdelaine changea
d'interlocuteur et s'adressant à lui :

— N'ayez pas peur, fit-elle. L'observateur
que je devine en vous ne regrettera point de
pouvoir étudier ce monde-là pendant quelques heures. Lise Thilorier est une femme bien
douée, assez bonne au fond, qui connut, comme
auraient dit nos pères, d'autres plaisirs que
ceux de l'esprit. Elle serait encore agréable
sans le snobbisme intellectuel qui est devenu
toute sa vie. Certes, je ne lui fais pas un
crime de rechercher les gens d'esprit et de
réputation ; mais elle voit ces deux avantages
par leur petit côté. L'esprit, pour elle, c'est
le mot ; la gloire c'est *le salon.* Il y a vingt
ans qu'elle travaille à s'en faire un. Aujour-
d'hui, le salon Thilorier existe, et même c'est
une des forces du Paris artificiel que créent
peu à peu le journalisme, la réclame et l'admiration réciproque. Cette force provient de ce
que la maîtresse de la maison et les gens qui
la fréquentent sont fort unis, ayant besoin
les uns des autres. Tout homme de littérature
ou de théâtre, tout artiste, tout personnage,
en un mot, vivant de la notoriété, commettrait

une grande faute en n'allant pas chez Lise.
Pour ceux-là, c'est une petite Bourse où l'on
fait monter les cours de la célébrité et où l'on
prépare les émissions du succès. Pour les
simples curieux, c'est un musée Grévin où les
figures sont vivantes et parlent à merveille,
sans compter que l'on dîne chez les Thilorier
comme nulle part.

Cependant Cadempino en était arrivé aux
grandes déclarations. Il jurait à Thérèse, parlant à sa personne, n'avoir jamais rencontré
« de créature humaine plou sédouisante » ;
mais il le jurait à tue-tête, ce qui ôtait à ses
paroles toute arrière-pensée coupable. Néanmoins Albert vit sa femme si malheureuse
qu'il jugea bon de l'arracher à son supplice.

Quand ils furent seuls :

— Tu ne connais pas les princes italiens,
dit-il pour la remettre, les Napolitains surtout.
J'imagine que la principauté de Cadempino est
située au flanc du Vésuve. Rassure-toi. Les
Italiens ne sont vainqueurs que quand on les
aide, et comme tu n'aideras pas celui-là...

— Tais-toi, dit-elle. Je ne te reconnais plus.
Tu ne prends plus rien au sérieux.

— Chère femme !... fit Albert en pressant
le bras de sa compagne sous le sien. Une
seule chose est sérieuse et le sera toujours :
toi ! Ce que nous traversons maintenant n'est
qu'un mauvais rêve. Nous l'oublierons bientôt
quand la paix sera revenue.

— Hélas ! répondit-elle, j'ai peur au contraire que nous ayons rêvé jusqu'ici, et que
ce soit maintenant la réalité qui nous entoure !

Le grand jour venu, les Sénac trouvèrent
sur le bateau une réunion assez nombreuse de
Français en villégiature sur ces rives pittores-
ques. Deux femmes se disputaient l'empire,
mais sans crainte de guerre civile, car Magdelaine Chandolin se contentait de la couronne de
la beauté, laissant à Lise le sceptre de l'esprit.
Chacune s'installa au milieu de sa cour, l'une à
bâbord, l'autre à tribord, près du gouvernail.
Le reste du pont fut cédé aux indigènes et
aux passagers cosmopolites, menu fretin dont
on acceptait l'argent, mais rien de plus. Le
vapeur coquettement pavoisé mit le cap sur
Meillerie ; la journée s'annonçait radieuse.

— Et maintenant, messieurs, dit madame

12

Thilorier, ayons de l'esprit. Comtesse, venez près de moi. Vous trouverez ici un poète pour vous chanter, un lauréat du Salon pour vous peindre, un romancier pour conter les passions que vous allez faire, dans cette seule journée, « sur la terre et sur l'onde ».

Alors elle commença les présentations, nommant à Thérèse les personnes qu'elle venait d'indiquer et bien d'autres encore, parmi lesquelles Thilorier père, Thilorier fils, — dixhuit ans — et Jeanne Thilorier, blondinette un peu plus âgée, presque jolie, mais gâtée par l'absence complète de naturel. Un académicien pour dames, un député de la gauche, dernier débris de la République athénienne, un jeune homme qui se faisait la tête de Louis-Philippe et dont le père avait été l'ami de madame Récamier, défilèrent successivement devant Thérèse; mais Désormes, le fameux critique du *Globe*, se contenta de se soulever de son banc, sans la regarder. Il lisait son propre article dans son propre journal, arrivé le matin de Paris.

Chose effrayante! Tous ces gens avaient de

l'esprit, et ils en avaient toujours, sauf Thilorier père, devenu bête comme les artilleurs
deviennent sourds. Dans cette société, le moindre
éternuement était spirituel ; certains bruits de
mouchoirs faisaient rire tout le monde, ou du
moins tous les initiés du cénacle. Au bout de
cinq minutes, la pauvre Thérèse qui n'avait
encore rien dit d'étincelant se rendit compte
que le cercle attendait le « mot » dont elle
devait payer son entrée. Naturellement le mot
ne vint pas, et la malheureuse découvrit, pour
la première fois de sa vie, qu'elle manquait
déplorablement d'intelligence. Elle chercha des
yeux Albert qui, prudemment, avait choisi sa
place dans le clan Chandolin, du côté des jolies
femmes. A voir l'air gracieux qu'avait Magdelaine en l'écoutant, les affaires de Cadaroux
devenaient mauvaises.

Cependant le clan Thilorier renonçant à faire
briller la comtesse allumait les premières fu-
sées de la conversation. Le jeune Abel eut un
mot avant les autres. Ce n'était pas un mot
de premier ordre, mais enfin c'était un mot.
L'heureuse mère fit un porte-voix de ses deux
mains et, s'adressant à sa fille qui écoutait

langoureusement l'académicien loin de toute
oreille indiscrète :

— Jeanne ! cria-t-elle d'une voix de faussét,
ton frère vient d'être brillant.

Et Thérèse comprit ce que cette parole voulait dire.

Désirant, malgré tout, être bonne à quelque
chose, elle se donna courageusement le rôle de
comparse et se livra sans défense à Désormes,
dont l'auditoire ordinaire était un peu distrait.
Le grand homme, qui avait achevé de lire son
feuilleton, roulant sur lui, Désormes, à propos
de Victor Hugo, entreprit de le commenter à
sa voisine. Mais la malheureuse commit une
faute qui la déclassa terriblement : elle laissa
voir qu'elle ne lisait jamais le *Globe*. Tout à
coup Lise Thilorier, qui n'aimait que les conversations générales, fit sa rentrée par cette
phrase inattendue :

— Victor Hugo ! jamais je ne lui pardon-
nerai d'avoir manqué son rôle. Avec un peu
plus de tenue politique et sociale, cet homme-là
aurait eu un salon comme Paris n'en connaî-
tra jamais.

Thérèse regarda celle qui venait de parler

pour voir si elle était sérieuse. Quant à Désormes, il ôta son pince-nez, regarda en l'air, un peu de côté, à la façon d'une pie qui médite sur son perchoir, et répondit modestement.

— Je n'ai pas vu cela dans mon étude; mais je garde l'idée : *Le salon qu'aurait pu avoir Victor Hugo.* C'est un sujet, cela !

Madame de Sénac ouvrait de grands yeux; le critique s'y trompa, voyant de l'admiration dans ce qui n'était que l'ahurissement poussé à son comble. Cette personne attentive, qui l'écoutait sans interrompre, poussant des « oh! » et des « ah! » pleins de déférence, commençait à lui plaire par son tact discret, à ce point qu'il lui décerna un brevet d'esprit par une phrase incidente. Elle aurait pu le gagner autrement, mais le moyen qu'elle avait pris, sans s'en douter, ne manque jamais et vaut qu'on le recommande.

Pendant ce temps-là, Sénac faisait florès auprès des dames. Les judicieux conseils d'Herma de Boisboucher lui revenaient à la mémoire. Certes, il fût mort plutôt que d'implorer directement les bons offices de la séduisante amie de son président. Mais si la belle prenait fantaisie de servir sa cause, était-il

déshonoré pour si peu ? Même au milieu de
toute la gaieté capiteuse de ses voisines, son
procès le rendait parfois un peu sombre. Dans
un moment où nul ne pouvait l'entendre :

— Voyons, lui dit Magdelaine à voix basse,
ne soyez pas lugubre. L'autre soir, après votre
visite, j'ai consulté les astres. Ils vous annon-
cent la victoire sur tous vos ennemis.

— Merci ! bel astrologue, répondit Sénac.
Mais ce délicieux chapeau ne ressemble guère
à celui de Nostradamus.

Et, moitié fâché, moitié content, il pensa :

« Cette folle d'Herma lui a déjà conté toute
mon histoire. »

Au déjeuner, qui fut servi bientôt, le camp
de l'intelligence et le camp de la beauté se mê-
lèrent pacifiquement. Albert fut félicité de l'esprit de sa femme ; celle-ci reçut des louanges
sur la galanterie charmante de son mari, ce
qui leur causa visiblement un plaisir inégal.
Mais Thérèse avait promis de n'être plus jalouse. Elle n'avait pas promis d'avoir faim
et mangea du bout des dents.

A peine arrivé à Meillerie, le bateau fut enlevé à l'abordage par une troupe élégante et

joyeuse conduite par la duchesse en personne.
Chacun reconnut ses amis; les groupes se for-
mèrent et l'on débarqua bras dessus bras dessous pour aller voir les régates. Madame de
Lautaret, qui présidait l'estrade d'honneur,
mit Thérèse à sa droite et Magdelaine à sa
gauche. Valentine avait retrouvé Cadempino,
venu de son côté pour ne pas donner trop
beau jeu aux bonnes langues du groupe Thilorier. Un écho fâcheux pouvait arriver aux
oreilles d'un mari peu commode retenu en
France par la saison des chasses.

Bérisal était à son poste derrière madame
Chandolin. Son chapeau haut de forme, ses
favoris où la neige commençait à paraître et
son ventre déjà lourd lui donnaient la mine
d'un magistrat, tandis que le président Montoussé avec son chapeau de paille cerclé d'un
ruban bleu, son gilet blanc, sa jaquette flot-
tant autour d'un torse maigre, pouvait passer
pour le type de l'agent de change favori des
dames. Il s'était fait présenter à la comtesse
de Sénac par Magdelaine, et, tout en débitant
les banalités de circonstance, il tournait sur
la nouvelle venue un regard discrètement

curieux, où l'on pouvait deviner qu'il connaissait déjà son histoire, ce qui la contrariait
péniblement.

Un petit homme assez laid, portant les cheveux taillés en brosse et la barbe en collier,
à l'américaine, circulait partout, son carnet à
la main, frappant sur l'épaule des commis-
saires et des yachtsmen, gourmandant les
agents de police, questionnant les femmes à
propos de leurs toilettes et prenant des notes
sous leur dictée.

Tout en écrivant, il madrigalisait à sa manière :

— Exquise ! adorable ! Vous me ruinez !
Voilà une taille et un costume qui vont allon-
ger encore mon télégramme. J'en aurai pour
vingt-cinq louis. Au moins, êtes-vous abon-
née ?

Il passa devant la duchesse :

— Nous dépassons dix-sept mille, rien qu'à
Meillerie, fit-il d'un air très sérieux. Et vous,
madame Chandolin, qu'est-ce que vous nous
donnez pour la recette du bateau ? Vous ne
savez pas encore ? C'est ennuyeux. Comment
voulez-vous que je fasse mon article ?

Apercevant Thérèse, qu'il ne connaissait pas, il demanda son nom à madame de Lautaret, sans se donner trop de peine pour n'être pas entendu ; puis il prit des notes sur son carnet, en dévisageant la comtesse avec un flegme imperturbable.

— Tout à fait réussie, murmura-t-il en ébauchant un sourire accompagné d'un léger salut.

Et comme Montoussé se rangeait pour lui livrer passage :

— Veinard de président ! grommela-t-il de son même ton froid. Vous n'avez rien à faire qu'à papillonner auprès des jolies femmes ! Moi, je tombe de fatigue. En voilà une chaleur !

Il s'éloigna ruisselant. Thérèse, tout interloquée, demanda :

— Qui est donc ce monsieur si affairé et si peu cérémonieux ?

— Vous ne le connaissez pas? C'est Luzignargues, le journaliste.

— Grand Dieu ! Est-ce qu'il va mettre mon nom dans son journal ?

Déjà elle se figurait la colère de son mari.

Mais elle l'aperçut au même instant, comme il serrait la main de Luzignargues, avec un peu d'ennui, mais sans amertume.

Évidemment, il était résigné d'avance à toutes les épreuves pénibles ou bizarres de la journée.

Les régates furent courues au milieu des hourras des spectateurs populaires; le public élégant sommeillait quelque peu dans les tribunes. Après le dernier coup de canon d'arrivée, la duchesse donna le signal de la retraite et fut suivie de son cortège. Mais tout à coup on vit surgir Luzignargues, s'essuyant plus que jamais le cou, les cheveux et la figure.

— Mesdames, dit-il gravement, je viens d'expédier mon télégramme à Paris; ma tâche est finie; le journaliste va vous quitter...

Il s'arrêta et prit un temps, comme un acteur à la mode, sûr de son effet. Des protestations féminines s'élevèrent.

— ... Mais l'homme du monde vous reste, acheva-t-il avec un beau geste de la main droite.

Alors, tandis que des applaudissements éclataient, il prit possession de son nouveau rôle en offrant son bras à Thérèse, qui l'accepta machinalement.

— Où dînez-vous, comtesse ?

Dans le trouble croissant d'une stupéfaction inexprimable, elle balbutia :

— Mais, sur le bateau, je crois... Madame Chandolin a organisé...

— Charmant ! dit Luzignargues. Je lâche le banquet officiel. Nous sommes à la campagne ; je m'invite sans façon.

Il se dirigea vers la jetée, entraînant la comtesse dont le découragement n'avait plus de bornes. Comme elle cherchait des yeux son mari, elle l'aperçut au bras de madame Chandolin, avec Bérisal et Montoussé en serre-files. Ce fut le dernier coup. Elle baissa la tête sous la main de la destinée, et se laissa conduire, songeant au temps où les Sénac se faisaient des ennemis par un choix de relations trop difficile.

Sur le bateau, on retrouva les Thilorier qui, dédaignant les banquettes de la tribune, étaient restés à bord où ils avaient eu deux plaisirs au lieu d'un. Car, tout en suivant d'un œil distrait le vol des périssoires et le virage

des canots aux grandes voiles blanches, ils
avaient assisté à une passe brillante de l'éternel tournoi entre Désormes le critique et La-
verjane le romancier. Le fond de la dispute
était toujours le même; les arguments seuls
variaient.

— Vous êtes incapable de créer, disait l'un.
Vous êtes des fakirs, résumant tout l'univers
créé dans la contemplation de votre nombril
auguste. Vous n'avez jamais pu réussir une
pièce de théâtre, pas même une simple nouvelle.

— Vous manquez d'érudition, répondait
l'autre, et, depuis que vous avez remplacé
l'imagination par le document ét l'analyse,
vous ne créez pas plus que nous.

— Qu'est-ce qu'un critique, sinon le gardien du sérail des beautés littéraires? Et de
quel droit vous présentez-vous au public, dont
vous encombrez l'attention, comme un pacha
brillant, magnifique et rassasié de victoires?
Si l'on vous prenait au mot!...

— Vous, romanciers contemporains, vous
êtes les époux vieillis et fatigués de la pauvre
littérature. Entre elle et vous, tout se passe en

belles paroles. Vos respects forcés, aussi bien que vos simulacres de brutalité ou de gaillardise, cachent une même impuissance, l'impuissance du siècle qui finit. Allez! si le public nous préfère, c'est que nous avons un avantage qui vous manque : l'érudition.

Le combat ne prit fin qu'à l'arrivée de madame de Lautaret et de son cortège, complété au dernier moment par Cadempino et Valentine qui semblèrent sortir d'entre deux pavés. On se mit à table comme on put. Les places manquaient, la chère était médiocre et la seule recherche qu'on pût y trouver était la recherche de l'économie. Magdelaine Chandolin, officiellement responsable envers les souscripteurs, était doublement vexée à cause de la présence de Luzignargues habitué aux menus plantureux de la duchesse. Pour l'achever de peindre, comme on finissait de passer le rôti découpé en atomes, on entendit la voix d'Abel Thilorier qui criait d'un bout de la table à l'autre, ce qui était le genre favori de la famille :

— Maman! c'est moi qui ai *la* truffe!

Cette saillie d'enfant terrible souleva des bravos, presque aussitôt couverts par l'orchestre

13

du bord qui faisait aux convives français la
galante surprise de jouer leur hymne national.
Thérèse regarda son mari qui mordait sa mous-
tache. Il était écrit qu'aucun plaisir ne man-
querait à leur journée, pas même celui de
dîner aux accords de *la Marseillaise*. Fort heureusement, une pluie bienfaisante empêcha le
bal d'avoir lieu et l'on regagna de bonne
heure l'autre rive du lac.

— Pauvre amie! pardonne-moi, dit Albert
quand il se trouva seul avec sa femme. C'est
moi qui t'ai entraînée dans ce guêpier. Mais
je te jure que tout cela n'aura qu'un temps.
Laisse-moi seulement me tirer des griffes de
Cadaroux. Montoussé, qui est fin comme
l'ambre, ne m'a dit qu'un mot, juste assez
pour me faire voir qu'il est au courant et qu'il
n'est point dupe de ce chantage. Que veux-tu?
Il faut se défendre contre les coquins avec
leurs armes. Nous redeviendrons nous-mêmes
quand nous pourrons, bientôt.

Il va sans dire que madame Chandolin ne
partageait nullement la manière de voir des
Sénac sur la durée promise à leur amitié nou-
vellement éclose. Elle y allait, comme on dit,

bon jeu bon argent, car elle trouvait Thérèse
charmante, en toute sincérité, et la protégée
d'une duchesse de bon aloi eût fait preuve de
modestie bien méritoire en jugeant la comtesse de Sénac trop grande dame pour elle.
Cette singulière personne, vicieuse avec intelligence, appréciait l'honnêteté chez ses amies
comme elle considérait l'opulence chez ses
amis : pour en tirer son avantage. Avec une
adresse rare, elle habitua peu à peu les Sénac
à la voir arriver aux Aiguebelles en voisine qui
ne compte pas ses visites. Sans qu'ils pussent
dire eux-mêmes comment la chose s'était faite,
ils en étaient venus assez vite à lui parler de
leur procès, dont elle saisit le fort et le faible
avec l'intelligence d'une femme rompue au
langage des affaires. Jamais elle ne prononçait
le nom de Montoussé ; mais un jour, sans
avoir l'air d'y toucher, elle invita ses voisins
chez elle avec le président. Albert sortit de là
tout réconforté et dit à Thérèse :

— Je viens d'avoir une excellente conversation avec Montoussé, au fumoir. Nous étions
seuls, et j'ai pu lui faire entendre tout ce que
je désirais.

Quelques jours après, la saison devenant moins chaude, madame de Sénac vit qu'elle aurait besoin d'aller à Lausanne, pour des emplettes. Comme elle ne connaissait pas l'endroit, elle demanda quelques adresses à Magdelaine. Celle-ci, battant des mains, répondit :

— La bonne idée! Valentine et moi combinons une course à Lausanne. Faisons-la ensemble.

Jour fut pris pour le lendemain. Albert avait une longue lettre à écrire à son avocat (l'heure fatale de la rentrée des tribunaux approchait). Il fut donc convenu que les trois femmes seraient seules pour leur expédition. Une fois sur le bateau, Magdelaine et Valentine causèrent de leurs emplettes et, par des transitions habilement ménagées, en arrivèrent à charger madame de Sénac d'un assez grand nombre d'achats dans les magasins qu'elle devait visiter pour son propre compte. A peine débarquées, les deux amies disparurent, se disant fort pressées par cent autres commissions. Quant à Thérèse, elle n'avait pas fait cent pas qu'elle tombait sur Montoussé, venu de Thonon par hasard, disait-il. Ce qu'il n'ajoutait point, c'est que le même hasard lui avait donné Bérisal comme compagnon et inspiré à Cadempino de venir de Vevey, par le train, une heure plus tôt.

— Permettez-moi de vous guider dans la ville, demanda le président. J'en connais les détours et vous épargnerai bien du temps.

Son teint fleuri, ses yeux brillants, son sourire vainqueur déplurent à Thérèse qui, d'un autre côté, trouvait à bon droit la rencontre un peu suspecte.

— Monsieur le président, fit-elle avec une révérence assez froide, j'ai tant d'affaires aujourd'hui qu'il me faudra prendre une voiture.

Il ouvrit de grand yeux, pour voir s'il avait devant lui une plaideuse par trop habile ou par trop farouche. Mais elle était déjà loin, le laissant là planté sur ses jambes, comme une statue de la Justice en désarroi. Le bonhomme était fixé. Jamais plus les Sénac n'entendirent parler de lui... avant le jour de l'audience.

Cependant Thérèse courait les boutiques pour venir à bout de ses commissions — et de celles des autres — avant le passage du bateau. Elle rejoignit à bord ses compagnes qui

riaient tout bas et chuchotaient, se disant ex-
ténuées, bien qu'elles revinssent les mains
vides. La comtesse leur distribua ses paquets;
on fit les comptes. Les deux charmantes personnes semblaient avoir quelque peine à rester
sérieuses, derrière leurs voiles épais.

En rentrant, Thérèse conta son odyssée par
détails à son mari, qui l'écouta froidement en
apparence, bien qu'il fronçât les sourcils à
plus d'un passage du compte rendu. Quand
elle eut fini :

— C'est bien, décida-t-il. Nous ferons nos
malles demain et nous partirons le soir.

— Pourquoi ?

— Parce que tu es la plus chère et la plus
honnête des créatures. Parce qu'il me serait
désagréable d'avoir à jeter madame Chandolin
hors de chez moi, et Montoussé dans le lac.
Parce qu'il faut être de son siècle jusqu'à un
certain point; mais pas au delà.

— Enfin! s'écria Thérèse en l'embrassant,
je te retrouve! Ah! oui; partons!

Elle s'envola toute joyeuse pour donner les
premiers ordres et écrire à la fidèle Mrs Crowe
que le retour était avancé.

Resté seul sur la terrasse où la nuit tombait doucement, Sénac, beaucoup moins gai,
s'abandonnait à la mélancolie qui l'avait visité
plus d'une fois durant cet après-midi de solitude. Il se demandait par quelle fatalité rien
de ce qu'il avait prévu, désiré pour son bonheur, et surtout pour celui de Thérèse, ne
s'était accompli. Ainsi qu'un navire dont la
boussole est dérangée par quelque courant
mystérieux, leur existence avait dévié loin des
pures et lumineuses routes qu'ils s'étaient tra-
cées. Déjà ils connaissaient les intimités dou-
teuses, l'égalité sans prestige, l'écœurante poursuite des patronages suspects. On aurait dit
qu'un pouvoir jaloux se donnait la tâche de
réduire à néant leurs aspirations les plus gé-
néreuses. Les pauvres de l'obscur village dont
ils voulaient devenir les bienfaiteurs se tour-
naient contre eux; l'influence politique s'échappait des mains du gentilhomme calomnié. Enfin sa noble et sainte femme, cette radieuse
Thérèse dont l'âme loyale semblait ignorer
jusqu'à l'existence de certaines hontes, voilà
que d'avilissantes admirations s'attachaient à
ses pas, voilà que de vulgaires coquines

s'en servaient pour abriter leur rendez-vous!

Et soudain, à l'évocation de la chère image, une angoisse douloureuse traversa le cœur abattu de Sénac. Depuis quelque temps, il voyait un travail mystérieux s'accomplir dans l'être entier de sa femme. Il se sentait non pas moins aimé, mais aimé de cette façon immatérielle, qu'il avait connue jadis, au début. Thérèse avait de nouveau pour lui des tendresses d'ange gardien planant au-dessus de la terre. Après avoir, pendant quelques semaines inoubliables, abaissé vers les roses de l'amour terrestre son vol alangui, elle semblait à cette heure s'élever encore une fois vers la sereine région des étoiles dont la clarté luit sans jamais s'éteindre, mais sans embraser.

Pourquoi changeait-elle ainsi?

Quelques heures plus tard, il lui posa cette question, d'une voix tremblante d'amour, tremblante aussi de l'inquiétude passionnée de Pygmalion sentant la chair redevenir marbre sous ses caresses. Thérèse lui répondit :

— O mon bien-aimé! avec bonheur, pour toi, je donnerais ma vie à l'instant même où je te parle. Ne crains rien : nous serons l'un à

l'autre jusqu'au dernier soupir de nos poitrines.
Si je te perdais, je n'aurais plus qu'à mourir.
Mais, précisément, pour que rien n'éloigne ton
cœur du mien, je dois veiller sur mon amour
lui-même, afin qu'il ne devienne point jaloux.
Un certain jour, une révélation m'a éclairée.
J'ai compris que ma jalousie allait tuer ta
tendresse. Alors j'ai étouffé en quelques heures
— tu ne sauras jamais avec quelles tortures —
la jalousie naissante en moi comme une fièvre
mortelle. Je l'ai éteinte, je l'ai exterminée
pour toujours; elle ne reviendra plus. Mais,
après cette immolation, j'ai appris encore
l'existence d'un autre mystère.

— Parle! Qu'as-tu appris? demanda Sénac
avec effroi.

Elle détourna un peu son visage, bien qu'une
veilleuse mourante l'éclairât à peine, et répondit, avec un soupir étrange :

— Deux choses vivent et meurent inséparables dans le cœur d'une femme : la jalousie
et la passion.

Cette nuit-là, ce ne fut pas sous les paupières de Thérèse que deux larmes roulèrent
longtemps, amères et silencieuses.

13.

XI

Vingt-quatre heures après, la petite villa des
bords du lac était fermée, et les voisins trouvaient dans ce départ subit un aliment de conversation, d'autant mieux apprécié que les
soirées commençaient à devenir longues.

Pourquoi le comte avait-il emmené sa femme
si brusquement? Valentine et Magdelaine s'en
doutaient bien un peu, mais elles se posèrent,
dès la première minute, en personnes dont la
bouche est fermée par l'amitié, — quelques-
uns disaient par des motifs de discrétion plus
personnels.

En vain, madame Thilorier voulut faire parler ces deux taciturnes. Elle n'en put rien tirer et devint méchante.

— Bon! dit-elle. Cachez le cadavre, ou même les trois cadavres. On pourrait, je pense, les découvrir sans beaucoup de peine.

Madame Chandolin regarda dans le blanc des yeux l'imprudente Lise, dont les frasques, pour être lointaines, n'étaient pas oubliées et, détachant bien les mots :

— Oh! chère madame, répliqua-t-elle, à tant faire, j'aime encore mieux avoir à cacher des cadavres que des squelettes.

Pendant ce temps-là, Thérèse retrouvait avec joie sa maison et la bonne Mrs Crowe, qui s'ennuyait fort à l'attendre depuis six semaines.

— Comme vous avez l'air fatigué! dit l'Écossaise. On dirait que vous venez de faire le tour du monde.

— Vous ne vous trompez guère, ma pauvre amie, soupira la comtesse. Je viens de faire le tour d'un monde que je ne connaissais pas encore. J'espère que m'en voilà revenue pour longtemps.

Elle ne laissa point passer la journée du len-

demain sans se faire conduire au couvent de
l'avenue Kléber, tandis que Sénac allait savoir
si maître Guidon était de retour. La tante et
la nièce causèrent longtemps, ou plutôt Thérèse, qui en avait gros sur le cœur, fit à la
Révérende Mère de Chavornay une confession
générale de tous les désappointements qu'elle
avait eus depuis sa rentrée dans le monde.

— La conclusion de toute cette histoire,
résuma-t-elle, c'est que je fus bien peu clair-
voyante ou que je suis bien maladroite. Jusqu'ici, je n'ai commis que des erreurs, sauf
sur un point : il n'est pas d'homme plus digne
d'être aimé que celui auquel j'appartiens.

— Allons! fit la religieuse en souriant, votre
sort n'est déjà pas si misérable.

— Aussi, chaque jour, je remercie Dieu.
Mais, pour le reste, je n'ai pas sujet de m'enorgueillir. Je me croyais faite pour la perfection
de votre vie, et je me trompais...

— Ah! chère enfant, murmura la religieuse
à demi-voix, je sais bien pourquoi vous êtes
faite !

— J'ai voulu sauver l'existence et convertir
l'âme de mon frère, poursuivit la jeune femme;

je n'ai pas pu. J'ai voulu trouver et donner le
bonheur ici-bas; mon mari m'a rendue jalouse
et je l'ai révolté par cette jalousie. Nous comp-
tions nous servir d'une grande fortune pour
accomplir le bien; la fortune est menacée, le
bien déjà fait, compromis. Nous nous étions
proposé de porter fièrement notre nom et l'honneur de nos races parmi le monde; le monde
nous a montré — du moins il peut s'attribuer
cette victoire — que c'est lui qui est sage, que
nous sommes fous. Savez-vous que j'en suis
venue à souhaiter une chose qui serait la guérison de tous ces maux? Peut-être que si nous
perdions notre procès...

— Trêve de folies! dit la religieuse. Si vous
le perdiez, je sais ce qui arriverait : votre
mari mourrait de vous voir pauvre.

— Vous avez raison, fit Thérèse devenue
pâle. Aussi, ma bonne tante, nous allons, s'il
vous plaît, réciter une prière à la chapelle, et
j'y allumerai un gros cierge, cela vaudra mieux
que de nouer des relations... utiles.

— Parfaitement, ma chère petite. Vous al-
lumerez un gros cierge; et moi j'en allumerai
un autre encore plus gros.

— Pour obtenir la même grâce ?

— Non : pour en obtenir une autre, que je vous dirai plus tard, quand Dieu nous l'aura donnée.

Là-dessus la tante et la nièce allèrent faire leurs dévotions, après quoi Thérèse regagna son hôtel du quai d'Orsay, l'âme plus légère, et toute contente de penser qu'au milieu d'octobre Paris est le lieu du monde où l'on trouve le plus facilement la solitude.

Cependant, comme elle traversait le vestibule en ôtant ses gants, elle aperçut un visiteur à qui le valet de pied venait de répondre que ses maîtres étaient absents, et qui se retirait, le visage bouleversé, comme s'il avait appris la nouvelle d'une catastrophe. En apercevant Thérèse, il s'arrêta court. Il ne rougit pas, mais sa pâleur devint plus chaude et moins maladive. Il était jeune et semblait étranger, soit qu'on examinât son costume très simple, mais où manquait l'insaisissable note parisienne, soit que l'on rencontrât le regard fiévreux de ses yeux noirs, « qui lui mangeaient le visage », pour employer l'expression populaire. La comtesse n'essaya pas de se rappeler son nom, persuadée que le personnage lui était inconnu. Elle passait avec une légère inclination, supposant que la visite était pour son mari. D'une voix dont l'émotion rendait plus vibrant encore le timbre méridional, cet homme balbutia :

— Pardonnez-moi, madame. Si... si j'osais vous prier de me recevoir... seulement cinq minutes...

Il y avait dans ses paroles une prière très humble, presque désespérée. Madame de Sénac ne douta point qu'il ne s'agît d'une de ces infortunes cachées qu'elle secourait souvent, et dont son cœur miséricordieux devinait les angoisses timides.

Sans répondre, au lieu de monter l'escalier, elle fit signe au valet de pied d'ouvrir la porte du cabinet d'Albert, où, fréquemment elle donnait des audiences de ce genre. Elle entra, invitant d'un geste, le personnage à la suivre. Quand ils furent seuls :

— Puis-je vous être utile en quelque chose ? demanda-t-elle.

— Non, madame, fit l'étranger avec un sourire dont la tristesse navrait. Plût au ciel qu'il

me fût donné, à moi, de vous servir comme
j'ai tâché de le faire !

Thérèse le regardait, au comble de la surprise. Alors, courbant la tête comme si la
honte de ce qu'il allait dire pesait sur lui,
le jeune homme ajouta, faisant un effort
visible :

— Vous ne m'avez pas reconnu ? D'autres
en seraient humiliés, mais moi je m'en réjouis.
M'auriez-vous accordé, autrement, l'honneur
que vous me faites en daignant me recevoir ?
Je me nomme Fortunat Cadaroux.

Thérèse tressaillit de la tête aux pieds. Elle
se souvenait des incidents qui avaient troublé
son séjour à Sénac, des rencontres qu'elle avait
faites, des actes étranges qu'elle avait surpris.
Elle savait qu'une folie avait atteint ce jeune
homme, et quelle folie ! Et, devant elle, à
Paris, ce fou reparaissait ! Le temps, l'absence,
ne l'avaient donc point guéri ? Comme elle jetait les yeux sur Cadaroux, passablement effrayée, elle s'aperçut qu'il tremblait comme
une feuille, ce qui lui donna de la hardiesse
en même temps que de la pitié.

— Si je ne vous ai pas reconnu, dit-elle,

c'est qu'il y a dans votre visage quelque chose de changé...

— En effet, répondit-il avec un sourire triste; j'ai la barbe d'un anachorète. Ah ! madame, je suis heureux que vous ne m'ayez pas reconnu. Ce hasard seul pouvait me permettre d'accomplir un dessein...

Thérèse recula d'un pas vers la cheminée. Cadaroux, n'osant faire un geste, de crainte d'augmenter cette frayeur, poursuivit d'une voix suppliante :

— De grâce, n'ayez pas peur de moi ! Vous avez cru que je venais vous demander l'aumône? Je vous la demande, en effet; une aumône de justice. Je suis arrivé ce matin, de là-bas, tout exprès pour vous dire quelques paroles. Non seulement vous pouvez, mais *vous devez* les entendre, car vous êtes une sainte et une reine, obligée de rendre justice à chacun.

L'incohérence, qui semblait se manifester dans ce discours ne rendait pas celle qui l'entendait beaucoup plus rassurée; mais sa défiance avait changé de nature. La folie, la véritable folie était-elle venue? Que voulait dire cet illuminé ? Il continua, semblant réciter une leçon depuis longtemps préparée :

— Je suis le fils d'un père qui veut vous ruiner, qui vous ruinera peut-être. Mais je ne l'approuve point; je n'ai aucune part dans ses intentions ni dans ses actes. Si les juges vous condamnent, leur sentence pourra s'appuyer sur des textes de loi; mais elle sera inique aux yeux de la conscience. Le comte de Sénac est aussi étranger que moi aux erreurs commises. D'ailleurs, il les a déjà payées chèrement. Donc, si d'autres vous font une guerre injuste, si le nom que je porte est pour vous un nom maudit, que ma personne, du moins, reste en dehors de votre haine. Moi, je... je ne vous hais point...

Il s'arrêta; l'émotion lui serrait la gorge. Il détourna son visage où deux larmes roulaient. Thérèse, déjà touchée mais toujours défiante, lui répondit doucement :

— Nous ne maudirons jamais personne, quoi qu'il arrive. Mais, si vous estimez que ceux qui vous entourent sont dans une voie injuste, pourquoi ne leur parlez-vous pas comme vous venez de me parler? Vos remontrances pourraient les convaincre.

— Mes remontrances! répliqua le jeune homme. Elles ont été entendues plus d'une fois. Elles ont produit ce résultat : de me faire chasser par mon père.

— Est-ce possible! s'écria Thérèse en joignant les mains. Heureusement que vous avez un cabinet, des clients à Marseille : ne l'ai-je pas entendu dire autrefois? D'ailleurs, les juges vont prononcer, et le désaccord entre vous et votre famille n'aura plus de raison d'être. Vous reprendrez alors votre place au foyer : c'est votre devoir.

— Jamais, madame! Le fossé de la grande route m'inspire moins d'éloignement que le « foyer » autour duquel on a tenu conseil contre vous! Quant à la carrière que j'avais, je ne m'en sens plus digne. Pour demander justice au nom des autres, il faut porter un nom qu'aucune injustice n'a souillé.

— Vous allez vivre à Paris? questionna la comtesse peu satisfaite, malgré tout, de ce voisinage.

Fortunat leva les yeux sur elle avec un sourire triste, car il comprenait le sens de l'interrogation.

— Oh ! madame, fit-il, vivre à Paris n'est point si aisé pour moi. Plusieurs bonnes raisons m'en empêchent. La meilleure est que je ne veux pas quitter Sénac.

— J'avais cru comprendre que votre père...

— Il m'a fermé sa porte; vous avez bien compris. Mais j'ai trouvé un gîte, chez un ami, — un de nos amis communs, ajouta-t-il en souriant.

— Où donc? demanda Thérèse, pleine de pitié envers cet homme qui souffrait pour elle. Je ne vois guère, dans le petit village de Sénac, de gîte possible, ni...

Elle hésitait à terminer sa phrase. Fortunat s'enhardit jusqu'à l'achever.

— Ni d'amis communs? Vous oubliez le passeur du bac. Il a deux chambres : j'en ai loué une et je mange avec lui. Ne me plaignez pas. De ma fenêtre on voit le Rhône, c'est-à-dire le plus beau spectacle qu'il y ait au monde pour mes yeux. Nous pêchons la nuit. Signol est un maître en l'art d'accommoder le succulent poisson du fleuve. Mais vous le savez, madame. Vingt fois il m'a raconté ce jour, inoubliable pour lui, où, passant devant

sa porte, vous lui fîtes l'honneur insigne de
goûter à sa friture.

La comtesse oublia de répondre, car un
autre souvenir moins agréable lui revenait :
la photographie donnée au vieillard comme
récompense terrestre de sa conversion, et l'épisode malencontreux qui avait suivi. Ce jour-
là, pour la première fois, un homme l'avait
gravement blessée, et cet homme était sous
ses yeux ! Elle revoyait toute la scène, le
chemin désert longeant le fleuve, les hauts
peupliers à peine verdissants, la petite porte
qu'il lui tardait si fort d'atteindre, et ce jeune
insensé, les cheveux en désordre, prêt à bon-
dir dans le Rhône pour expier son crime.
Certes, il l'expiait rudement à cette heure. Il
méritait une véritable estime, une grande
pitié. Mais si la folie passée allait reparaître !

Toutes ses frayeurs la reprirent, grâce au
souvenir imprudemment évoqué.

— Monsieur, fit-elle avec un mouvement
qui montra que l'audience était finie, je ré-
péterai à mon mari tout ce que je viens d'entendre. Il vous en saura gré et vous en jugera
mieux, ainsi qu'il doit le faire.

— Veuillez lui dire aussi, madame, ajouta le visiteur déjà debout, qu'il ne lutte point contre un adversaire de l'espèce commune, simplement désireux de voir sa cause triompher. Pour mon père, quoiqu'il aime l'argent, le gain matériel du procès n'est que l'accessoire. Il considère qu'on l'a blessé ; il se vengera par tous les moyens; il se venge même sur son fils!

— Ah! l'horrible chose que la haine ! gémit Thérèse, glacée de la perspective qu'on lui laissait voir. Si vous consentiez... Peut-être serait-il bon que M. de Sénac vous entendît lui-même, un de ces jours.

— Le voudrait-il ? Recevrais-je de lui l'accueil.... patient que vous venez de m'accorder? C'est douteux, madame, convenez-en. Convenez aussi que je ne peux guère accepter le rôle de conseil contre mon père. Enfin, ajouta-t-il en souriant, les hôtels de Paris coûtent plus cher que l'appartement meublé et la pension qui m'attendent chez Signol.

— Mais ce voyage? demanda la comtesse, à qui se révéla soudain le dénuement complet du malheureux Fortunat. C'est une grosse

dépense... Et vous l'avez faite pour nous dire...
ce que je viens d'entendre ?

— Un de mes amis de Marseille, journaliste, m'a procuré un permis. C'est le voyage,
au contraire, qui ne coûte rien. Je repartirai
ce soir, très heureux.

Madame de Sénac ne put retenir un geste
de surprise en entendant cette parole dans la
bouche d'un homme si maltraité par le sort.

— Le mot semble vous étonner, dit le jeune
homme? Oui, je suis très heureux. Je n'ai
plus sur le cœur le poids lourd que j'y sen-
tais : votre colère et votre mépris. N'est-ce
donc rien que cela? Non, madame, en vérité,
je ne me souviens pas d'avoir été aussi heureux de ma vie.

Ses yeux brillaient d'un éclat qui démentait
cruellement ces félicitations adressées à lui-
même. D'une voix plus calme il ajouta, sans
la moindre emphase :

— Et je doute que cette vie se prolonge
beaucoup, désormais.

Thérèse, d'un coup d'œil, lut en lui. Elle
songea, non sans frémir, à ses parties de
pêche, la nuit, sur le Rhône. Elle aperçut,

dans une sorte de vision, le vieux passeur
ramenant son bateau vers la rive, au clair de
lune, mais ne ramenant pas son compagnon.
Elle dit de l'accent doux et grave qu'elle avait
pour parler aux malades et aux pauvres :

— Dieu seul connaît l'heure et peut la décider. Ceux qui usurpent son pouvoir sur notre
vie sont criminels et méprisables. Je vous estime hautement ; je pourrai vous estimer toujours, n'est-ce pas ?

Il ferma les yeux et réfléchit quelques secondes, puis il répondit, presque à voix
basse :

— Oui, madame, je vous le jure, toujours !

— Priez-vous quelquefois ? demanda-t-elle
encore.

— On ne m'a guère appris, avoua-t-il avec
un pâle sourire.

— Cela s'apprend sans peine, continua Thérèse. Moi, je prierai pour vous de toute mon
âme.

Vibrant d'émotion, il sembla recueillir, pendant quelques secondes, le rayon de grâce cé-
leste qui tombait sur lui des yeux de la
jeune femme.

— Voilà donc, murmura-t-il en passant la main sur son front, comment s'accomplissent les miracles ! Qui m'aurait dit que j'allais partir d'ici comme j'en pars : avec la foi en Dieu !

Il sortit, laissant la jeune femme étrangement agitée. Elle médita longtemps. Elle se souvenait d'une parole qu'Albert de Sénac lui avait dite un jour, au milieu des ruines de Louqsor : « Si, jusqu'à cette heure, j'avais vécu sans croire en Dieu, je proclamerais son nom maintenant. Je dirais, comme ont fait des martyrs allant s'offrir aux lions : — Votre Dieu est mon Dieu, parce que je vous aime. » Et, par un de ces scrupules raffinés que connaissent les femmes très fidèles, elle eut comme un regret d'avoir accompli chez un autre homme ce miracle qu'elle n'avait pas eu besoin d'opérer chez son mari, croyant comme elle : la conversion.

Elle attendait le retour d'Albert pour lui conter dans ses moindres détails la curieuse entrevue. Mais, aux premiers mots qu'elle prononça, le comte laissa voir un agacement peu ordinaire.

— Tout d'abord, laissez-moi vous prévenir
d'une chose, fit-il. Ce jeune homme a la cer-
velle en fâcheux état. Sa démarche d'aujour-
d'hui, sa conduite en général, bien des faits de
son existence que vous ignorez sont d'un fou.
Je regrette de n'avoir pas été là pour vous
épargner le danger de quelque avanie.

Thérèse aurait pu répondre qu'elle en savait
plus long que personne sur les secrets de Fortunat et sur son genre de démence. Mais elle
se tut, comprenant que son auditeur était mal
préparé à entendre l'apologie d'un Cadaroux.
Pendant plusieurs jours, elle conserva une impression mélancolique. Elle songeait à ces deux
hommes si différents dans leur naissance et
leur destinée. Elle n'avait point à les compa-
rer, et cependant une question qu'elle ne pouvait chasser lui venait à la pensée :

— Lequel, dans sa vie, aura le plus souffert pour moi et pour la justice ?

XII

Vers la fin de novembre, le procès des Sénac
fut plaidé... et perdu, malgré la superbe défense de Guidon du Bouquet. Le tribunal correctionnel, présidé par Montoussé, déclara que
la Société anonyme des *Ciments coopératifs* était
nulle dès l'origine, par suite de souscriptions
fictives. D'ailleurs, le comte de Sénac et ce qui
restait de ses collègues, traités favorablement,
s'en tirèrent avec une simple amende. Cadaroux,
la chose va sans dire, eût préféré un peu de
prison ; mais il se contenta — pour le moment
— de ce que les juges lui donnaient.

L'affaire ne fit pas grand bruit d'abord,
n'étant pas de celles qui passionnent le public.
Le monde n'était pas à Paris ; Thérèse échappa
aux visites de condoléance.

Elle n'avait pas eu besoin d'interroger Albert
quand il revint du Palais, tant son air accablé
et malheureux suffisait à dire de quel côté la
balance de Thémis avait penché. Après avoir
causé un quart d'heure avec lui, elle comprit
avec effroi qu'un rôle très imprévu et très lourd
allait commencer pour elle : celui de lieutenant
général d'une armée vaincue, obligé de prendre
le commandement et de couvrir la retraite.

A force d'encouragements, de consolations,
d'appels à l'énergie, Thérèse parvint à relever
le sang-froid de son mari. Elle l'obligea doucement à faire connaître la situation sans réticences.

— Nous allons appeler du jugement, expli-
qua-t-il. Condamné de nouveau, je suis définitivement reconnu coupable d'avoir fondé
une société sur des bases irrégulières. Un second procès, appuyé sur ce jugement, m'obli-
gera au payement du capital. Avec les frais,
c'est la ruine complète, l'hôtel où nous sommes

vendu, la vieille tour de Sénac mise aux en-
chères, bientôt achetée par Cadaroux !... C'est
l'effondrement du nom après celui de la
fortune. La voilà, cette situation que tu veux
connaître ! Quant à Montoussé...

Elle arrêta d'un geste la fin de la phrase
dont il était facile de prévoir le sens.

— Tais-toi ! fit-elle. On nous avait préve-
nus. Dieu garde les gens comme nous d'avoir
des procès, au temps où nous sommes !

Quelques jours après, Cadaroux fit formuler
des offres officieuses « en vue de conciliation ».

Moyennant l'abandon pur et simple de la
terre et du château de Sénac « tel qu'il se
comporte, avec les meubles, tentures, tableaux,
objets d'art, provisions et effets quelconques
qui le garnissent », le généreux vainqueur se
faisait fort d'obtenir la renonciation à leurs
droits actuels et éventifs de tous les porteurs
d'actions, et la remise desdites actions au
complet entre les mains d'Albert, promesse
d'une exécution facile, car le vieux renard
savait bien où étaient les titres.

Guidon du Bouquet, saisi de la proposition
par son confrère, l'avocat du *Bouscatié*, pria

14.

son client de passer chez lui, et s'acquitta de son ambassade avec les précautions que commandaient les circonstances. Mais, malgré tout ce qu'il put faire, le comte entra dans une fureur à peine contenue, surprenante chez un homme de ce caractère et de cette éducation. Certaines épreuves matérielles, surtout quand elles sont prolongées, finissent par avoir raison des âmes les plus élevées et les plus fortes.

La première explosion calmée, on délibéra sérieusement ; le cas était difficile. Sénac, sans raconter certains incidents de sa villégiature au bord du lac de Genève, laissa comprendre qu'il y avait rencontré Montoussé, et que le président n'avait pas lieu de se vanter de cette rencontre.

— Vous ne m'en aviez jamais dit un mot, répliqua le défenseur d'Albert qui devina tout. Avouez, mon cher comte, que nous ne sommes pas heureux. Au lieu d'un adversaire dans des conditions habituelles, nous avons en face de nous un animal féroce altéré de vengeance, et le premier de nos juges nous en veut à mort. Enfin, passons. Peut-être que nous aurons la chance d'avoir en appel un président qui n'aura rien contre nous. Quant à la proposition qui vous est faite, je vous conseillerais immédiatement de l'accepter, vu la valeur matériellement médiocre de la cession réclamée, si vous étiez un simple raffineur enrichi dans les sucres. Mais le comte de Sénac doit défendre la terre du nom jusqu'à son dernier sou. Voilà mon avis, et je vous le donne sans grand mérite, car je sais bien que c'est le vôtre.

— Mon cher maître, c'est parler en galant homme, répondit Sénac. Vous n'oubliez qu'une chose : ma femme. Si la déroute est complète, il faudra vendre, non pas seulement le château de Sénac, mais encore l'hôtel Quilliane où elle est née et dans lequel j'ai fermé les yeux à son pauvre frère, mon ami, dernier de sa race.

— Non, car la comtesse, d'ici là, sera séparée de biens. Je vous avais prié d'en conférer avec elle.

— Je l'ai fait, mais ce mot de séparation l'a mise aux champs, bien qu'il s'agisse de nos fortunes et non pas de nos personnes. Je

n'ai pas insisté, me réservant de revenir à la
charge au moment suprême.

Guidon arpentait son cabinet à grands pas.
Quand Albert eut fini de parler :

— Monsieur, dit l'avocat, je suis et je reste
fort honoré que vous m'ayez choisi pour défenseur. Mais si j'avais su d'avance que mes
clients se laissaient conduire et déterminer
par des sentiments aussi peu ordinaires au
reste des hommes, je vous avoue que j'aurais
décliné la commission.

— Mon cher Guidon, tout s'enchaîne. Si ma
femme et moi étions des êtres comme tout le
monde, nous ne nous serions pas épousés.
Enfin, prenez patience : vos maux touchent à
leur terme. Je vous autorise à écrire ce soir
à mon adversaire que Sénac et le domaine sont
à lui.

Pour le coup, maître Guidon faillit tomber
à la renverse.

— Monsieur le comte, s'écria-t-il, dans l'état
où je vous vois, si j'écrivais cette lettre-là ce
soir, vous me tueriez demain matin.

— Ne craignez rien, répondit le pauvre Albert, qui, pour être juste, n'avait pas l'air à

cette heure d'un homme capable de tuer personne. Avec ou sans ma tour, je n'en serai
pas moins un Sénac authentique, et je me
trouverai bien partout, pourvu que je voie ma
femme heureuse. Quant à elle, pourvu qu'elle
me conserve, qu'elle ait des malades à soigner,
des enfants pauvres à instruire !... Chère créature ! Délivrons-la de ce cauchemar; il est
temps ! Écrivez la lettre, mon cher Guidon, et
faites préparer la transaction en règle. Je
signerai.

Mais sa main ne devait plus donner de signa-
ture avant bien des jours. Le soir même, un
singulier malaise s'emparait de lui. Le lendemain commençait une fièvre violente, et Thérèse avait devant elle une inquiétude auprès
de laquelle toutes les autres n'étaient rien.
Pendant la nuit suivante, le malade se mit à
divaguer. Il se croyait à Sénac et faisait ses
adieux à la vieille demeure, en des termes
déchirants qui auraient brisé le cœur de sa
malheureuse femme, sans la pieuse espérance
qui la soutenait.

Pendant deux semaines, la comtesse connut
la véritable et poignante signification de ces

mots : *la lutte pour la vie*. Presque constamment aidée, jamais remplacée, par la fidèle
Kathleen, elle soigna son mari sans dormir,
sans manger autrement que sur ses genoux,
vingt fois interrompue ; à peine pouvait-elle
prier. Mais elle savait que sa tante de Chavornay priait pour deux.

Si l'on n'avait entendu le bruit sourd des
voitures sur la chaussée, l'on aurait pu croire
que, d'un coup de baguette, une fée malfai-
sante avait transporté l'hôtel du quai d'Orsay
dans un désert perdu. Toute communication
avec le monde extérieur semblait coupée. Aucune visite n'était admise ; les cartes s'amoncelaient sur la table du vestibule à côté des
journaux intacts. Mrs Crowe avait reçu la
mission d'ouvrir les lettres et d'y répondre
quand elles demandaient des nouvelles, ce qui
était le cas neuf fois sur dix. Quant au procès, Thérèse n'y donnait pas plus d'importance
qu'elle n'en eût accordé jadis à la réclamation
d'un fournisseur envoyant sa facture.

Un jour, enfin, le docteur dit à madame de
Sénac :

— Notre malade est sauvé. Mais ne me remerciez pas ; car, s'il était votre enfant au lieu d'être votre mari, je vous assure qu'il ne vous devrait pas beaucoup plus sa vie.

Ce jour-là, elle fit pour la première fois depuis longtemps une véritable prière.

Un mois s'écoula. Sénac n'était plus en danger, mais on pouvait à peine dire qu'il fût en convalescence, car il se refusait à quitter son lit, prétextant une faiblesse que ce régime débilitant n'était pas fait pour combattre. Son sentiment véritable était une sorte de répugnance instinctive pour la santé. Cette chambre étroitement close, où il n'entendait plus parler de ce qui rongeait sa vie, lui semblait un lieu d'asile inviolé. En y restant, il croyait échapper à Cadaroux lui-même. Hélas ! le malheureux se trompait !

La stupeur que sa condamnation avait produite en province ne se peut exprimer. Cadaroux, en joueur habile qui sent la veine derrière lui, se garda bien de s'endormir sur ses premiers gains. La maladie d'Albert était un atout de plus. Il en profita et, dans des vues ténébreuses que l'on comprendra bientôt, il introduisit prématurément une instance en

responsabilité civile devant le tribunal du res-
sort. Pour aller au-devant des objections qu'on
pouvait lui faire, il criait sur les toits :

— Ce n'est qu'une procédure conservatoire.
Le jugement que je veux obtenir tombera de
lui-même si mon adversaire triomphe dans
son appel. Mais il me garantit contre une vente
fictive ou frauduleuse du domaine. Tout ce
que je risque c'est de supporter quelques frais
judiciaires en pure perte. Ils ne seront pas perdus pour tout le monde.

Ce dernier argument n'était pas d'un sot et
tombait d'autant mieux, que toute la gent chi-
canière de la petite ville pleurait encore le
plantureux gâteau que les juges de Paris s'é-
taient adjugé. Aussi la part offerte par Cadaroux à ces appétits déçus fut attaquée sans
perdre une heure. Si l'on attendait que le
comte fût assez guéri pour s'occuper de ses
affaires, adieu aux miettes du festin !

Le *Bouscatié* semblait avoir la chance à ses
ordres. Tout fut bâclé avec une hâte qui sur-
prendra moins, si l'on observe que les magistrats de cet infime tribunal ne pouvaient pas
toujours tenir leurs audiences, faute de procès

à juger. Autre détail utile à connaître : le député de l'arrondissement, cousin par alliance de Cadaroux, était chef de cabinet d'un ministre. Décidément, il ne fallait pas avoir le vieux Saturnin pour ennemi.

Corbassière, bien entendu, signifiait régulièrement les actes à la grille du château et empochait les honoraires ; mais il ne se gênait pas pour dire au concierge que toutes ces paperasses ne signifiaient pas grand'chose.

— N'empêche, répondait l'honnête serviteur que vos grimoires vont donner un tracas de plus à madame la comtesse, qui n'en a pas besoin.

— Rien ne presse de l'en fatiguer, reprenait Corbassière de la meilleure foi du monde. Nous ne sommes qu'au commencement. Si M. le comte guérit, avec un avoué de moyenne force et des protections, il peut nous faire traîner trois ans ou même davantage.

En attendant, le famélique tribunal venait de condamner par défaut Albert de Sénac « et ses collègues » à payer aux actionnaires de la Société, c'est-à-dire à Cadaroux, la bagatelle de trois millions, montant du capital social.

15

Un matin, Corbassière entra tout gaillard dans le pavillon du concierge, devenu son ami.

— Vous n'auriez pas trois millions sur vous? demanda-t-il en goguenardant.

Et comme son interlocuteur le regardait, à moitié fou d'ahurissement :

— Bon ! ricana l'huissier, si vous n'avez pas la somme, ne vous tourmentez pas ; je repasserai. Plaisanterie à part, je ne comprends pas le *Bouscatié*. Il les a fait veiller toute la nuit au greffe, pour copier le jugement, comme s'il avait cru que j'allais lui rapporter ses trois millions. A quoi veut-il en venir ? Tout cela ne signifie rien. Mais, n'importe, c'est un beau commandement. Je n'en ferai pas deux fois dans ma vie un pareil. Trois millions !...

Corbassière s'en alla, riant à se tenir les côtes, lui qui pleurait aux trois quarts quand il travaillait pour de bon. Mais, un matin, Cadaroux vint le trouver dans sa misérable étude, et lui enjoignit, comme la chose la plus simple d'aller saisir le mobilier du château. Le brave officier ministériel bondit sur sa chaise de paille à la briser.

— Comment ! s'écria-t-il. Vous voulez une

saisie! A quoi bon? Vous savez parfaitement
que, dans l'état, le comte ne laissera pas pro-
céder à la vente. Il n'a qu'un signe à faire
pour l'empêcher, au point où nous en sommes.
Une saisie au château, monsieur Cadaroux!
Et contre un défendeur en appel, gravement
malade! Permettez-moi de vous le dire, c'est
de la procédure vexatoire.

— Corbassière, mon ami, gardez vos conseils pour ceux qui vous les demandent. Je
vous conseille de ne point tergiverser. J'en ai
fait sauter qui avaient sur les épaules des robes
plus longues que la vôtre.

— C'est bien, monsieur, répondit l'huissier
tout pâle d'émotion; vous aurez votre saisie,
puisque vous la voulez.

— Quel jour?

— Lundi prochain, mon premier jour libre.
A moins que, d'ici-là...

— Vous voulez dire: à moins d'opposition.
Prenez garde, mon brave! Ne jouez pas au plus
fin avec le père Cadaroux. L'opposition peut
venir, j'en conviens, mais nous saurons si elle
est venue toute seule. Faites attention de marcher droit. Comme vous dites, je veux ma

saisie. Faites-la; le reste me regarde. D'ailleurs, il y a plus de six mois que les appartements du château sont fermés. Vous rendrez service en les faisant ouvrir et en donnant de l'air aux robes de la comtesse.

Le vieux jacobin s'éloigna, dégonflant sa haine dans un mauvais rire qu'il sembla lancer contre la vieille tour. Et le petit huissier, serrant le dos sous sa redingote râpée, demeura seul entre les quatre murs de sa pauvre étude. Ses yeux attristés en firent le tour, s'arrêtant sur les objets familiers qui étaient son gagne-pain : le parapluie jauni par le soleil et l'averse, le manteau usé, les grosses bottes qui connaissaient tous les chemins du canton, la sacoche d'où étaient sortis, pour tant de malheureux, le désespoir et la ruine. Alors, avec un grand soupir, ce héros obscur s'assit devant son bureau de sapin et couvrit lentement une feuille blanche de son écriture régulière.

Le brave Corbassière, en ce moment, ne riait plus.

XIII

Un dimanche de la fin de décembre, Thérèse de Sénac put aller entendre la messe, devoir depuis longtemps remplacé par d'autres moins doux. Rentrée de bonne heure chez elle, tout heureuse de savoir la guérison du malade en bon train, calmée par la prière, elle trouva son mari, que Mrs Crowe venait de quitter, fort occupé à lire une lettre.

— Oh! cher, s'écria-t-elle, que fais-tu? Quelle imprudence! Tu sais bien que c'est défendu!

D'une voix affaiblie, dans laquelle on sentait une extrême lassitude, il répondit :

— Je le sais. Mon intention n'était pas de lire. Je m'amusais seulement à examiner les enveloppes. Une adresse m'a frappé... le timbre du bureau de Sénac... l'écriture de l'huissier Corbassière... Ah ! pauvre enfant ! combien d'autres lettres du même genre tu m'as cachées !

— De Corbassière? Pas une seule, je te le jure. Qu'est-ce qu'il écrit? Dans quel état je te trouve !

— Je l'avais dit à Guidon. Il vaut mieux se rendre, soupira le malade. Il est écrit là-haut que nous ne pourrons pas nous tirer des griffes de ce démon.

Il se retourna vers la muraille, vaincu, découragé, n'espérant plus rien. Il regrettait les heures qu'il avait passées dans une léthargie inconsciente. L'annonce que l'heure de sa mort était venue l'aurait réjoui comme un soulagement.

Thérèse, pendant ce temps-là, parcourait la missive en rassemblant tout son courage, sans se douter qu'il n'en avait pas moins fallu à Corbassière pour l'écrire.

« Monsieur le comte de Sénac, ou, en cas
d'empêchement, à madame la comtesse.

« Le jugement par défaut, rendu contre
vous à la requête de M. Cadaroux par le tribunal civil de ***, n'ayant pas jusqu'ici été
frappé d'opposition, et la sommation pour le
payement de trois millions n'ayant été suivie
d'aucun résultat, j'ai reçu des ordres pour une
saisie que je ne puis, dans l'état, me refuser à
pratiquer. Elle aura lieu après-demain lundi
dans la matinée, et je vous en informe,
monsieur le comte, bien que mon client m'ait
donné des instructions tout opposées. Mais je
suis probablement la cause involontaire de ce
qui arrive. J'ai lieu de supposer, d'après le
silence complet gardé par vous depuis le commencement de l'action accessoire ouverte en
province, que vous n'en avez pas eu connaissance, et ce fait à peine croyable s'explique
par deux motifs. D'une part, l'instance a été
conduite avec une rapidité exceptionnelle
devant notre tribunal, à qui on la présentait
comme ayant pour but de mettre un gage à
l'abri. De l'autre, vous sachant malade et ne

jugeant pas moi-même les choses dans toute leur vérité, je fus le premier à ôter toute inquiétude à votre concierge, habitué d'ailleurs à conserver les pièces de procédure, qui vous étaient signifiées, jusqu'ici, en double, à votre domicile à Paris.

» Quoi qu'il en soit, l'ignorance à laquelle j'ai contribué sans doute n'existera plus. Il reste juste le temps d'accomplir la formalité très simple qui suspendra la saisie. Votre homme d'affaires avisera.

» Votre serviteur dévoué,

» CORBASSIÈRE. »

Thérèse avait encore son chapeau et sa pelisse. Elle sonna.

— Dites qu'on ne dételle pas : je vais sortir, commanda-t-elle. Priez Mrs Crowe de venir immédiatement.

Elle posa doucement la main sur l'épaule de son mari qui se retourna.

— Donnez-moi l'adresse de l'avocat, dit-elle; je cours lui porter cette lettre. Il paraît que le mal actuel est facilement réparable. Vite l'adresse !

Albert indiqua le domicile de maître Guidon du Bouquet.

— Pauvre amie! soupira-t-il. Quelle succession d'épreuves pour vous. Ah! Dieu! si je les avais prévues!...

— Courage! fit Thérèse, elles finiront. Cher, si vous voulez que j'oublie tout le reste, achevez bien vite de guérir.

Elle sortit, presque surprise elle-même de se sentir si forte et si calme en face de devoirs tout nouveaux. D'ailleurs, la lettre qu'elle emportait pour la faire lire à Guidon parlait d'une formalité facile à remplir, et, sans [doute, le grand avocat parisien ne serait pas embarrassé là où Corbassière, le petit huissier de campagne, voyait un remède facile. Donc elle n'éprouvait pas une inquiétude extrême. Néanmoins, la course lui parut longue, du quai d'Orsay à la rue de Provence, où demeurait Guidon.

— Monsieur est parti hier pour la chasse, lui répondit le concierge. Il reviendra demain soir. On ne trouve jamais monsieur chez lui le dimanche.

Elle réfléchit une seconde en face de cet imprévu désastreux. Mais peut-être qu'on pou-

15.

vait joindre l'homme de loi, s'il tirait des fai-
sans dans les bois de Meudon ou de Saint-
Germain. Une nouvelle réponse qu'elle reçut
lui ôta cette espérance : Guidon mitraillait les
canards en Sologne.

La comtesse de Sénac regagna son coupé
sans perdre la tête et se fit conduire à l'avenue
Kléber, où elle prit l'adresse de Champenois.

— Vous n'avez pas à craindre la même réponse qu'on vous a donnée tout à l'heure, lui
dit madame de Chavornay. Celui-ci n'a jamais
touché un fusil de sa vie.

Aussi n'était-il pas à la chasse, mais à l'inauguration d'une statue « en Avignon » avec son
habit à palmes vertes.

Cette fois les tempes de Thérèse battaient
fiévreusement, tandis qu'elle rentrait à la maison, au grand trot de ses chevaux. Si bien
trempée que fût son âme, elle avait l'âme
d'une femme, sujette aux réactions instanta-
nées et complètes. Le découragement venait à
grands pas.

« Dieu aurait-il décidé que nous subirons
l'épreuve tout entière? » songeait-elle.

Déjà cette voiture, ces chevaux qui l'empor-

taient rapidement, ces fourrures qui l'enve-
loppaient, tout cet ensemble d'un luxe qu'elle
avait toujours connu, prenaient à ses yeux
l'apparence précaire de choses empruntées,
qu'il faudra rendre quelque jour. Aller
à pied, vêtue comme une bourgeoise pauvre,
ne l'effrayait guère, elle qui s'était crue
appelée à passer toute sa vie dans une
robe de bure. Mais son mari à peine sauvé
d'une maladie grave!... Pourrait-il supporter
le coup?

Quand elle fut près de lui, elle affecta de
dire d'un air très calme :

— Guidon est à la chasse. Mais il rentrera
demain soir.

On aurait pu penser qu'Albert n'avait pas
entendu sa femme. Il regardait devant lui,
sans parler, ne trahissant son trouble que par
l'agitation nerveuse de ses mains. Dans ses
yeux commençait à luire une volonté puissante qui fit tressaillir sa femme de joie, tant
la vie se laissait voir dans ce rayonnement.
Au bout de quelques minutes, il dit :

— Je partirai ce soir pour Sénac.

Thérèse passa de l'espérance à la consterna-

tion, croyant que le délire apparaissait de nouveau. Il reprit :

— Je vais mieux. Je peux partir; il faut
que je parte.

— Que ferez-vous là-bas? lui demanda
Thérèse.

Il répondit, accoudé sur son séant, ne se
souvenant plus de sa faiblesse encore grande :

— Je ne sais pas ce que je ferai, mais,
d'une façon ou de l'autre, j'empêcherai que
les bottes crottées d'un huissier de campagne
ne déshonorent ma maison. Séance tenante,
le moindre avoué de la petite ville rédigera et
signifiera l'opposition; c'est l'affaire de deux
heures.

— Alors, ne suffirait-il pas d'écrire?

— Non. C'est une attaque par surprise que
ce misérable a voulu tenter. Une matinée
perdue, un facteur qui s'enivre, un imbécile
d'homme d'affaires qui ne comprend pas, et
Cadaroux triomphe. Je partirai.

Thérèse demanda, tremblante à ce danger
qu'elle estimait plus grand que tous les autres :

— Qu'importe, après tout, si l'opposition
ne vient qu'après la...?

Elle hésitait à prononcer le mot de saisie, comme si ces deux syllabes eussent caché quelque sens infâme.

— Vous voyez bien ! dit Albert. Le seul nom de cette chose flétrissante vous brûle les lèvres. Que Corbassière, demain, accomplisse chez nous sa visite domiciliaire, nous n'en serons évidemment ni plus pauvres ni plus riches ; mais, pour empêcher cette profanation, je suis prêt à risquer ma vie. Le vieux château ne semblerait plus le même qu'avant. Un déshonneur aurait effleuré ses murailles.

Thérèse n'avait pas quitté son mari des yeux pendant qu'il parlait ainsi. D'un mouvement plus prompt que la pensée, elle tomba sur ses genoux au pied du lit.

— Si tu m'aimes, pria-t-elle, permets que je parte à ta place ! Donne-moi cette preuve de confiance. Tu m'as traitée, jusqu'ici, comme une enfant inutile ; traite-moi comme une amie ; laisse-moi t'aider. A quoi bon jouer ta santé, c'est-à-dire mon bonheur ? Demain, au petit jour, je serai là-bas. Une heure plus tard, l'homme d'affaires de la petite ville aura ma visite. Dans quarante-huit heures, je serai de

retour près de toi. Cher, si tu me permets d'aller à Sénac, je serai si heureuse, si heureuse !
Et je me sens si sûre de réussir !

— Tu seras heureuse? dit Albert. Mais moi?
Je ne vivrai pas jusqu'à ton retour... Quelle
fatigue ! quels ennuis! quelles complications,
peut-être !

— Bah! fit-elle, moitié plaisante, moitié
sérieuse ; tu cherches vainement à m'effrayer.
Ne suis-je pas le dernier des Quilliane?...

— N'oublie pas qu'un de tes cheveux m'est
plus cher que la tour de Sénac et tous ses souvenirs. Je t'aime et je te bénis. Tu es pour
moi plus que le monde entier. Ah! ces heures
qui vont s'écouler jusqu'à ton retour seront
les plus longues de ma vie. Jure-moi d'être
ici mardi matin, quand même tu devrais tout
gagner en restant, et tout perdre par ton retour.

— Mardi matin je serai *ici*, dit-elle en appuyant la tête sur le cœur d'Albert.

Mrs Crowe, de son côté, promit de ne
pas quitter Albert ni jour ni nuit, de le distraire de son mieux, d'envoyer des télégrammes. Le reste de l'après-midi passa très

vite. L'heure de l'express venue, on fit avancer un fiacre; Thérèse y monta seule, n'emportant qu'un rouleau de couvertures. Les domestiques devaient ignorer le but de son voyage, connu seulement d'elle-même, de son mari et de Kathleen.

L'approche du jour se devinait à peine quand elle descendit à la gare qui desservait l'habitation. Là, elle était comme chez elle, et tous les fronts se découvrirent à son arrivée. Sans attendre qu'on lui procurât un véhicule plus confortable, elle s'installa dans une carriole qui portait les sacs de la poste au bourg voisin. Sur le bord du Rhône, elle mit pied à terre à la porte d'une auberge misérable qui servait d'abri aux voyageurs attendant le bac; mais, dans la crainte que le passeur n'entendît pas les appels, tout signal étant impossible dans l'obscurité, l'aubergiste offrit à la comtesse de lui faire traverser le fleuve dans son propre bateau. Elle accepta; les eaux étaient tranquilles. D'ailleurs, ce trajet accompli tant de fois n'avait rien qui pût l'effrayer. Tout au contraire, à peine embarquée, elle se sentit plongée dans un bien-être comparable à celui que procure un bain après une nuit de fatigue.

La température était adoucie jusqu'à devenir amollissante. Aucun souffle n'agitait l'air. De gros nuages très lourds, d'apparence débonnaire malgré leur teinte sombre, pendaient au ciel, se détachant sur des fonds d'un bleu vert dont le jour naissant modifiait à chaque minute le coloris fantastique. L'atmosphère était si calme qu'aucun mouvement, aucune variation de forme ne se distinguait dans ces masses, de telle façon qu'elles semblaient faire partie intégrante du paysage, et continuer le rideau plus anguleux des hautes montagnes qui se détachaient à l'Orient, sur la pourpre encore incertaine de l'aurore. Tout paraissait endormi d'un heureux sommeil. L'eau noire, où les rames s'enfonçaient sans bruit, murmurait à peine. On aurait cru la barque immobile. Après le bruit, l'agitation, la vitesse folle de l'express à peine quitté, ce flottement silencieux avait la volupté engourdissante d'un rêve agréable. Thérèse, le menton appuyé sur sa main, commençait à perdre la notion du temps, du lieu, de son être lui-même, du *pour-*

quoi des choses qui l'entouraient, du *comment*
de ce qu'elle avait à faire. Une sorte de sommeil de l'esprit s'emparait d'elle sans qu'elle
tachât d'y résister. Elle se disait :

« Jusqu'à l'autre rive, je n'ai pas besoin de
moi-même. Ces cinq minutes de repos sont
une faveur de Dieu depuis longtemps inconnue
dans ma vie. O ma pauvre âme, reposons-
nous ! »

Mais, à ce moment, trois notes argentines
venues de loin glissèrent sur l'eau et frap-
pèrent son oreille. C'était l'*Angelus*, tinté par
la cloche de Sénac, la cloche dont elle était
marraine, *sa cloche*, dont la voix filiale, saluant
son arrivée, semblait lui répondre :

« Quelque chose, pour les âmes comme la
tienne, vaut mieux encore que le repos : c'est
la prière. Dieu t'aime, il t'écoutera. »

Aussitôt, baissant la tête, elle fit le signe de
la croix. Le batelier, par instinct, se découvrit
et leva ses rames. Trois coups de nouveau,
puis trois coups encore tintèrent.

— Bonhomme, dit la jeune femme, sa prière
achevée, marchons vite, maintenant; j'ai une
forte journée à faire aujourd'hui.

Cinq minutes après, l'autre rive émergea, d'abord confuse, de la demi-obscurité. Bientôt une maison blanche parut s'avancer vers les voyageurs. A l'une des fenêtres, ouverte à l'air pur du matin, une forme vague était accoudée.

— Holà! père Signol, cria gaiement l'homme qui ramait. Voilà comme on laisse échapper la pratique en restant au lit.

— Le père Signol était levé avant toi, répondit une voix qui n'était pas celle du vieillard. Nous avons déjà pêché pendant trois heures; il étend ses filets. Mais toi, qu'est-ce que tu viens faire chez nous, maraudeur?

L'aubergiste, batelier par occasion, répondit :

— Pardon! Je vous avais pris pour un autre, monsieur Fortunat. C'est madame la comtesse qui est arrivée par le train et qui m'a demandé de lui faire passer le Rhône.

L'embarcation touchait déjà la rive; quand Thérèse posa le pied sur le plat-bord pour sauter à terre, un homme se trouva debout devant elle, tête nue, étendant la main pour la soutenir.

— Bonjour, monsieur, dit-elle gravement, les doigts posés sur le bras du jeune Cadaroux.

Vous êtes surpris de me voir, mais la surprise
ne sera pas pour vous seul. Personne ne
m'attend.

— Mon Dieu! fit-il en cherchant à dominer
son trouble, j'espère que rien de fâcheux n'est
arrivé.

Sans répondre, elle tira sa bourse et mit une
pièce d'argent dans la main de son batelier.
L'homme s'offrit à porter jusqu'au château le
menu bagage de la comtesse.

— Je m'en charge; tu peux retourner chez
toi, dit Fortunat; du moins si madame le
permet.

Thérèse hésita une seconde à rester seule
avec le compagnon que le hasard lui donnait.
Mais bientôt elle fut décidée. A cette heure
elle connaissait mieux Fortunat. Quel homme,
plus efficacement, pouvait l'aider dans la circonstance?

— Monsieur, dit-elle simplement, je vous
remercie et j'accepte.

Le bateau s'éloigna.

Il faisait alors assez jour pour distinguer
l'étroite jetée de cailloux cimentés qui servait
de débarcadère aux piétons, et rejoignait le

chemin de halage, bordé par la clôture du
parc. La voyageuse et son compagnon suivirent
encore une fois le bord du fleuve, à l'endroit
même où, quelques mois plus tôt, s'était passée
moins tranquillement leur première entrevue.
Thérèse avait la clef de la petite porte. Elle la
tendit à Fortunat qui fit jouer, non sans un
peu d'effort, le pêne rouillé. La comtesse de
Sénac était dans son domaine, mais il fallait
gravir pendant dix minutes les sentiers du
parc avant d'arriver au château dont la tour
massive commençait à se montrer, clairement
colorée d'une teinte rose.

Quand elle se vit assez loin du chemin pour
être à l'abri des curieux, Thérèse s'arrêta près
d'un banc.

— Monsieur, dit-elle au jeune homme qui
l'avait suivie en silence, voulez-vous, s'il vous
plaît, poser ici mon sac et ma couverture? J'ai
besoin de vous parler.

Incapable de prononcer une parole, il obéit.
La seule chose que la comtesse n'aurait pu obtenir de lui eût été de dire s'il était en état
de veille ou de rêve. Sans s'amuser à des
phrases banales :

— Vous vous souvenez de la visite que vous nous avez faite à Paris? continua madame de Sénac. Vous savez quelles inquiétudes m'a données mon mari? Auprès du danger de mort, les autres menaces deviennent peu de chose.

— Votre deuil eût été le deuil de ce village, répondit Fortunat; votre joie est sa joie. Pendant bien des jours, n'osant me présenter moi-même au château, j'y ai fait monter chaque matin le vieux passeur pour prendre des nouvelles.

— Grâce à Dieu, nous sommes tranquilles sur ce point. Mais, la mort écartée, l'autre danger se rapproche, et c'est pour le combattre que je suis venue.

— Toute seule, par cette nuit d'hiver? Oh! madame, quelle honte pour moi de porter le nom que je porte! Et quel désespoir de me sentir inutile!

— Laissez-moi m'expliquer, dit la comtesse; vous allez voir. Vous êtes si peu inutile que, tout à l'heure, j'ai béni Dieu de vous avoir mis sur ma route. J'avais besoin d'un dévouement sûr, d'un conseil habile : je les ai trouvés, puisque vous voilà.

Il répondit, sachant qu'il n'aurait pas deux instants pareils dans sa vie :

— Madame, je suis bien heureux! Cette nuit encore, sur le Rhône, pendant les longues heures silencieuses de la pêche, voulez-vous savoir quel rêve je faisais, pour la centième fois? Ne craignez rien. Les châtelaines du moyen âge n'étaient pas mieux protégées derrière les murailles de cette tour, que vous ne l'êtes à cette heure, seule avec le dernier des *Bouscatié.* Car, précisément, tout mon rêve était de me rendre utile un jour, de telle sorte que vous soyez forcée de vous souvenir de moi sans haine et... très longtemps.

— Écoutez-moi, et je pense que votre rêve pourra s'accomplir, dit Thérèse dont la voix trahissait une fiévreuse anxiété.

D'un signe, il montra qu'il écoutait. Alors, en quelques mots, la comtesse raconta la surprise terrible apportée la veille par la lettre de Corbassière. Quand le récit fut achevé :

— Je vous avais bien prévenue de prendre garde à mon père, soupira le jeune homme.

— Oui; mais vous ne m'aviez pas prévenue que mon attention serait détournée par un

ennemi plus perfide encore : la maladie. Je
ne lisais plus une lettre. Ah! si vous saviez!

— Je comprends tout, répondit Fortunat. Je
devine ce qu'a été ce départ, ce voyage!... Et
dire qu'il suffisait d'un télégramme! A quoi
servent-ils donc, les hommes d'affaires de Paris?

— A rien, le dimanche, répondit la comtesse en souriant à demi. J'espère que ceux
de Sénac me donneront plus facilement leur
aide.

— Comptez sur moi, répondit Fortunat. Je
cours à la ville pour parer le coup odieux qui
vous frappe. Mais si nous voulons réussir, il
ne faut pas que mon père soupçonne cet entretien. Donc, permettez-moi de sortir par où
nous sommes entrés et montez seule au château. Dans quelques heures, par le même chemin, je vous apporterai des nouvelles, de
bonnes nouvelles, n'en doutez pas.

Sans attendre aucune réponse, il gagna la
petite porte dont il avait encore la clef dans sa
main. Quant à la comtesse, elle reprit sa route
vers sa demeure, où son apparition inattendue,
à cette heure matinale, produisit une surprise
voisine de l'épouvante. Elle rassura le gardien

et sa femme, commanda qu'on fît du feu dans sa chambre et s'y retira, moins pour prendre du repos que pour rasseoir ses idées. L'excitation d'une nuit sans sommeil, jointe aux incidents continuels qui se succédaient depuis vingt-quatre heures, mettait la fièvre dans son cerveau et troublait son jugement. Elle se posait mille questions ou, pour mieux dire, tout devenait question dans son esprit agité. Elle se demandait :

« Ai-je bien fait d'entreprendre ce voyage toute seule? Était-ce une imprudence d'abandonner Albert? Que dirait-il en voyant de quel homme j'ai réclamé l'appui? Et cet homme, que pense-t-il de moi? Pour le reste de mes jours, me voilà son obligée. Du moins, sera-t-il assez prompt, assez heureux, assez habile pour réussir?... »

Elle ne put rester longtemps en place. Tous les objets de cette chambre où elle avait été si heureuse l'attiraient : tous prenaient une voix pour lui dire : « Sauve-nous! » Car, dans son ignorance, avec son imagination surexcitée, elle se représentait une saisie comme une scène approchant du pillage. Elle se figurait ces

bahuts ouverts, ces vêtements qui étaient un
peu de sa pudeur violés par des mains sor-
dides, ces tiroirs condamnés à trahir les chers
souvenirs qu'on cache...

Un jour, au bras d'Albert, elle était entrée
à l'Hôtel des ventes pour voir l'exposition d'un
mobilier fameux. Elle n'y était pas restée longtemps. Ces dentelles engourdies d'un froid
mystérieux, ces robes affaissées comme des cadavres déshonorés, ces livres gisant ainsi que
des captifs dans un bazar d'esclaves, ces bijoux
ternis, ces éventails caressant de leurs derniers
parfums d'ignobles brocanteurs, toutes ces hu-
miliations navrantes de vaincus sans espoir
et sans révolte l'avaient glacée jusqu'à l'âme.
Elle s'était enfuie, emportant comme une vision sinistre ce *Mane, Thecel, Pharès* lu sur la
muraille : « Par suite de saisie. »

Dans cette âme d'une sensibilité merveil-
leuse, toute impression pénible laissait une
blessure prête à se rouvrir au moindre choc.
Thérèse, au bout d'une heure de solitude, tandis qu'on la croyait endormie, sentait son
cœur défaillir à la seule pensée de Corbassière
entrant dans cette chambre. Aurait-elle assez

16

de force pour l'affronter dignement ? A cette
minute, avec une lâcheté qu'elle s'avouait, la
malheureuse regrettait amèrement d'être venue.
Qu'importent certains malheurs qui ne touchent pas à la vie de ceux qu'on aime, si l'on
n'en est pas témoin ?

« Hélas ! pensa-t-elle, cette honte ne touche-
rait-t-elle pas à sa vie ? »

Ramenée à cette autre angoisse plus insupportable encore, Thérèse prit sa fourrure, couvrit ses cheveux d'un voile et, sans avertir
personne, gagna la plate-forme de la tour. De
cet observatoire, elle pouvait découvrir au loin
celui que Dieu enverrait : le sauveur ou l'ennemi. Sur la route qui conduisait à la ville,
ses yeux cherchaient en vain l'un ou l'autre,
Fortunat ou Corbassière. Nul être humain ne
se montrait, sauf une paysanne revenant du
marché et poussant son âne devant elle. Dix
heures sonnèrent à l'église, dix heures seulement ! Comme l'attente pouvait être encore
longue ! Et cependant, elle n'osait pas quitter
son poste ; elle ne voulait pas se montrer à
ses gens, à tout ce petit monde qui la
regardait comme une souveraine ; souve-

raine, hélas! cruellement menacée dans son prestige !

Elle attendit, s'efforçant de se distraire par la vue de cet immense panorama tant admiré le premier jour. Mais alors elle avait son mari près d'elle, et, sur cette plaine aujourd'hui morne et grise, un soleil radieux avivait les toits rouges des maisons, le manteau vert des prairies. Et l'espoir dans l'avenir, cet autre soleil, bien pâle à cette heure, lui aussi, brillait sur eux comme un astre ignorant de tout déclin. Elle entendait encore les paroles qu'Albert lui disait, les mains dans ses mains, la regardant avec ces yeux fidèles qui avaient failli se fermer pour toujours. Qu'il était loin, le bonheur espéré, promis !...

Une heure de plus s'était écoulée; sur la route déserte rien n'apparaissait, ni la crainte ni l'espoir. Mais tout à coup, presque au pied de la tour, un promeneur se montra sous les arbres dénudés de la petite place, en av nt de la grille du château. Il semblait très occupé à lire son journal; Thérèse le reconnut : c'était Cadaroux. Elle comprit qu'il était là pour jouir de son triomphe, pour voir l'arrivée de Corbassière, pour sonner la fanfare de la victoire tandis que l'huissier franchirait cette porte condamnée à s'ouvrir devant lui. Alors elle oublia toutes ces sublimes immolations de la nature qui faisaient dans un temps la règle de sa vie : la résignation, l'humilité devant l'épreuve, l'héroïsme douloureux de la perfection des âmes saintes. Elle sentit qu'elle serait reconnaissante de tout son cœur, jusqu'au dernier jour, envers l'homme qui confondrait l'espoir de cet ennemi acharné à son œuvre... Mais ce point noir, là-bas ?...

Elle saisit ses jumelles : le point noir était un homme qui courait. Il courait, il tâchait de courir; souvent il était obligé de reprendre haleine. Il semblait épuisé ; mais, après quelques secondes, il se hâtait de nouveau dans la direction du village.

— C'est *lui* ! pensa Thérèse. Un huissier qui vient faire une saisie ne court pas. Il a réussi et veut abréger mon inquiétude. Que Dieu le récompense !

Bientôt elle put reconnaître Fortunat. Il atteignait les premières maisons. Allait-il prendre la route, ordinaire du château ? Si le père et

le fils se rencontraient devant la grille, quelle
scène violente ! La comtesse tremblait en y
pensant. Elle aurait voulu faire des signes.
Mais c'eût été une folie à cette distance, et,
d'ailleurs, elle devait rester cachée derrière les
créneaux de la tour, afin de n'être point aperçue
du promeneur sinistre qui tirait sa montre
et donnait des signes d'impatience, comme un
amoureux dont le bonheur se fait attendre.

Fortunat s'était arrêté; entre les deux chemins il hésita une seconde. Madame de Sénac
lui cria par la pensée :

« Au nom du ciel ! la petite porte !... »

Il s'essuya le front une dernière fois, et s'en-
gagea dans le sentier qui descendait au Rhône
en contournant le village. Thérèse poussa un
grand soupir de soulagement et descendit pour
aller à la rencontre du messager, porteur de
bonnes nouvelles sans doute. Elle gagna le
parc sans être vue. Comme elle approchait de
la muraille longeant le fleuve, la porte s'ouvrit pour donner passage à Fortunat, que la
fatigue de sa course rendait livide.

— Madame, dit-il d'une voix haletante, soyez
en repos. Corbassère ne viendra pas

16

— Pourquoi vous être hâté à ce point ? demanda la jeune femme.

La joie le rendit moins pâle et ses yeux brillèrent, tandis qu'il faisait cette question :

— Vous m'avez vu ?

— Oui, du haut de la tour. J'aurais voulu vous crier d'aller moins vite.

— Vous voyez bien que vous m'attendiez avec impatience. J'en étais sûr : voilà pourquoi j'ai couru. Quand on a le bonheur de vous servir, madame, il faut faire bien et faire vite.

— Avez-vous eu beaucoup de peine à réussir ?

— Non, sauf qu'il m'a fallu inventer un gros mensonge. Comme j'entrais en ville, Corbassière en sortait, armé de toutes pièces : « Mon père m'envoie vous dire de suspendre, » ai-je dit. Comment se serait-il méfié d'un ambassadeur semblable ? « Votre père a raison, m'a-t-il répondu. Nous faisons de vilaine besogne, sans compter qu'elle n'eût servi à rien. L'opposition est signifiée ? » J'ai répondu affirmativement. Ce n'était pas vrai alors; ce sera vrai dans deux heures. Maintenant, pour plusieurs mois, vous voilà tranquille.

— Que Dieu vous pardonne votre mensonge! fit Thérèse. Mais si cet homme ne vous avait pas écouté ?

— Mal lui en aurait pris, madame. D'une façon ou de l'autre, par force ou par persuasion, je ne l'aurais pas laissé venir jusqu'à votre grille.

— Ne me servez jamais en commettant une chose défendue, répondit Thérèse gravement. L'injustice, quoi qu'on prétende, est toujours punie dès ce monde.

— Madame, répondit Fortunat, vous venez de prononcer la sentence de mon père.

Tous deux, un instant, gardèrent le silence, impressionnés par leurs propres paroles. Fortunat reprit :

— Vous verrai-je encore avant votre départ?

— Non, répondit Thérèse avec une douce fermeté. Je pars ce soir... Donnez-moi la main et sachez qu'à jamais je suis votre obligée.

Il prit les doigts qu'on lui tendait; ses yeux enveloppèrent le noble visage qu'une visible émotion embellissait encore, puis il dit, en baisant sa propre main qui venait de toucher celle de la comtesse :

— Merci, madame ! Je vous assure que nous sommes quittes.

Après cet adieu si simple et si digne de part et d'autre, il s'éloigna. Jamais plus ces deux êtres ne devaient se revoir en ce monde. Pendant ce temps-là Saturnin Cadaroux, inquiet du retard de Corbassière, rentrait chez lui, faisait atteler et gagnait la ville, afin de savoir ce qui était survenu.

Le reste de la journée passa vite pour Thérèse, qui trouva un prétexte motivant, aux yeux des rares personnes qui la virent, sa courte apparition à Sénac. Le télégramme envoyé par elle et celui de Kathleen, tous deux rassurants, s'étaient croisés dans l'après-midi. Sans mettre le pied hors de son parc, elle avait pu visiter son hôpital et son école, dont Albert, depuis sa convalescence, avait permis la réouverture. Tout lui semblait bon, facile, agréable, dans ce cher petit coin d'où elle venait d'éloigner l'ennemi avec le secours d'un allié fidèle. Paris, au contraire, lui devenait odieux. Même l'hôtel de famille, tant aimé jamais, semblait avoir perdu le prestige sacré du souvenir. Trop d'heures lugubres ou poignantes y avaient sonné pour elle !

Sur le soir, un coucher de soleil radieux vint achever de la réjouir. L'air était doux et, parmi les massifs de la pelouse, avec de grands bruits de feuilles sèches remuées, les merles sifflaient leurs courts appels, veloutés comme des ritournelles de flûte.

« Voilà où le bonheur nous attend, pensa Thérèse. Dès que le cher malade sera guéri, nous y viendrons, pour en sortir le moins possible. »

Mais, sur son front, une inquiétude passa. Tout n'était pas fini. L'homme qu'elle avait vu le matin se promener devant la grille voulait, lui aussi, vivre et mourir dans ces murs. La grande bataille n'était pas livrée. Qui serait le vainqueur ?...

L'heure du départ avait sonné. Après un dîner campagnard servi près du grand feu de la cuisine, Thérèse, accompagnée du garde, prit le chemin du Rhône pour passer le bac et regagner la station. Elle s'attendait à rencontrer Fortunat ; mais le jeune homme ne se laissa pas voir. Signol prit le gouvernail en main, et la poulie qui retenait le bateau contre la force du courant se mit à rouler en criant sur le long câble. Selon son habitude, la comtesse avait lié conversation avec le vieux passeur, qu'elle s'étonnait de trouver mélancolique et taciturne.

— Madame, répondit le marinier, d'une voix qui tremblait de colère autant que de chagrin, c'est la dernière fois que nous naviguons ensemble. On me chasse. Tout à l'heure, cette bête sauvage de Cadaroux m'a signifié mon renvoi. Il faut obéir; il est le maire de la commune; le bac dépend de lui. Me voilà sans maison et sans travail!

— On vous chasse, pauvre homme! s'écria Thérèse. Et pourquoi?

— Je suis trop vieux, mes forces diminuent, et les gens qui passent le Rhône courent du danger avec moi : c'est le prétexte. Mais tout le monde sait pourquoi le *Bouscatié* veut me faire crever de faim. Dans cette maison, qui n'est pas la mienne, j'ai recueilli son fils, qu'il voudrait voir mort. Le garçon, depuis l'âge de dix ans, cherche toujours on ne sait quoi, une chose inconnue qu'il n'a pas encore trouvée.

Mais avant peu il la trouvera... derrière les cyprès du cimetière. Pour moi, je n'ai plus qu'un désir en ce monde. C'est de voir Saturnin là où je souhaite qu'il aille. Si le bon Die me donne ce plaisir, je le tiens quitte du reste, pour cette vie et pour l'autre.

— Ne blasphémez pas, répondit doucement Thérèse. Vous n'êtes pas le seul à qui cet homme a causé du mal. Faites comme moi : pardonnez.

—Oui-da ! reprit le vieux passeur en secouant sa tête aux lignes violentes. Vous avez pardonné, madame la comtesse? Possible pour vous. Mais cette rude besogne-là, comme beaucoup d'autres, se fait mal avec l'estomac vide. Il y a quarante ans que j'habite la maison du bac, si bien que j'avais oublié qu'elle n'était pas à moi Mille diables ! Saturnin m'en a bien fait souvenir, tout à l'heure. Ses yeux luisaient de colère quand il m'a dit : « Je t'apprendrai à donner asile au fainéant qui se tourne contre son père. » Allons ! allons ! Je voudrais bien voir à l'œuvre celui qui va me remplacer, quand le soleil de mai fond les neiges, quand le Rhône devient un torrent qui

emporte les maisons comme des brins de paille!
Ah! brigand! nous verrons si j'étais trop vieux
et trop faible! Et tu veux me faire mendier,
maudite carogne!...

— Vous ne mendierez pas, dit la comtesse
que ces imprécations sauvages faisaient pâlir.
Soyez tranquille. Dès demain j'enverrai des
ordres...

— Pour qu'on me reçoive dans votre hôpital, fit le vieillard, la gorge serrée. Merci,
madame, cela vaut mieux que rien. J'aurai le
temps de prier Dieu toute la journée et je sais
déjà un nom qu'il entendra souvent.

— Le mien, j'espère? demanda Thérèse qui
se défiait de la ferveur de ce chrétien mal con-
verti.

— Non, madame : celui de Saturnin.

Le bateau venait de toucher la rive gauche.
La comtesse découragée n'essaya pas de rappeler le vieillard au précepte du pardon, sentant bien qu'elle y perdrait sa peine.

Toujours cette lamentable différence entre
ce qui devrait être et ce qui est!

Précédée du garde qui portait une lanterne,
elle gagna la station du chemin de fer et,

bientôt après, le train l'emportait vers Paris, encore plus étourdie que fatiguée des incidents qu'elle traversait depuis vingt-quatre heures. Elle voulut dormir et, pour se calmer, elle se dit qu'après tout elle avait gagné la bataille. Elle se figura le soulagement qu'avait éprouvé son mari en lisant sa dépêche, la joie qui l'attendait elle-même au retour, dans quelques heures. Une pensée, pendant la moitié de la nuit, la tint éveillée :

— Maintenant, que va devenir Fortunat? Je ne peux pas le recueillir, lui!...

Le lendemain, dans la matinée, elle était auprès d'Albert, ne pouvant croire que cette première séparation de leur vie conjugale avait duré à peine deux jours. Comme un lieutenant qui fait son rapport, elle raconta par le menu son expédition, attendant, pour sa peine et son succès, la récompense d'un rayon de joie dans les chers yeux. Mais, à mesure qu'elle poursuivait son récit, le visage du convalescent prenait une expression plus soucieuse. Péniblement surprise, elle regarda son mari qui se détournait d'un air farouche.

— N'es-tu pas content de ta femme? dit-elle

17

en lui prenant les mains. Regrettes-tu de
m'avoir laissé partir?

— Ah! gronda Sénac, toujours ce jeune
homme! Tu parles de lui, maintenant, comme
d'un sauveur!

Pour toute réponse elle serra sur son cœur
la tête du convalescent avec une sorte de pitié
tendre. Et tandis qu'elle le rassurait par de
chaudes paroles, par des baisers — plus ma-
ternels que ceux qu'elle aurait donnés jadis —
elle retenait des larmes amères, comprenant
cet involontaire talion qu'elle infligeait à son
tour : la jalousie.

XIV

L'hiver touchait à sa fin. Le voyage de
Thérèse, les incidents qui l'avaient motivé ou
accompagné n'étaient connus de personne à
Paris, sauf de sa tante. Son mari allait mieux;
mais, pour le monde, elle le faisait moins
bien portant qu'il n'était, afin de pouvoir
tenir sa porte fermée et de s'affranchir de
toute obligation importune. Ce n'était pas
que le ménage eût pris la résolution de fuir
le commerce des humains. Seulement, en face
de l'inconnu qui pesait lourdement sur l'avenir, il était plus sage d'attendre. Si, quelque

jour, l'orage devait emporter au loin leur
existence, il valait mieux que le monde
n'eût à s'occuper que de deux victimes déjà
presque oubliées. Quelques centaines de cartes
avaient plu dans le courant de janvier; de
rares visiteurs forçaient la consigne, mais leur
nombre devenait plus rare chaque jour. Madame de Boisboucher, pour l'instant brouillée
avec le Faubourg, semblait ne plus se souvenir de son cousin. Peut-être lui-même n'était-
il pas étranger à cette froideur, ayant connu
les inconvénients de l'excès contraire.

Madame de Sénac luttait de son mieux
contre l'incertitude énervante de la crise qu'elle
traversait. Après deux ans de mariage, parvenue aux approches de la trentaine, ce chiffre
fatidique de l'âge des femmes, elle se voyait
moins éclairée sur son avenir qu'elle n'était
dix ans plus tôt. Sa fortune, le lieu où se
passerait sa vie, le repos même de son bonheur
le plus intime, hélas! tout restait en question.

Dans ses fréquentes visites à l'avenue Kléber,
elle confiait ses angoisses trop justifiées à la
Révérende Mère de Chavornay dont l'esprit
solide, pratique, tout d'une pièce, était mal

fait pour les comprendre. On aurait dit que la bonne religieuse avait contre sa nièce quelque grief inavoué, qui la maintenait dans un état d'irritation latente envers la jeune femme.

— Ma chère enfant, lui dit-elle un jour, vous avez mal aux nerfs. Bonté divine! si jamais on m'avait dit que Thérèse de Quilliane serait... comment appelez-vous cela : une névrosée?

— Ma pauvre tante, vous ne savez pas ce que c'est que de se demander chaque soir : « Où serai-je dans six mois? »

— Ma pauvre nièce, vous avez failli savoir ce que c'est que de répéter chaque matin : « Dans vingt années, sauf accident, je serai à cette même place, vêtue de la même robe, faisant la même chose, avec les mêmes personnes! » Croyez-moi : l'absence de la moindre possibilité de changement dans l'avenir peut aussi paraître lourde, à certains jours.

— Suis-je donc la première qui soit venue se plaindre à vous que la vie n'a pas tenu ce qu'elle promettait?

— Oh! non. Mais vous êtes à peu près la seule qui n'ait pas ajouté comme dernière ombre au tableau : « Et, par là-c·ssus, mon mari me trompe ! » Sans compter d'autres ombres...

Un soupir gros de charitables réticences, qui souleva la poitrine de la religieuse, vint achever la phrase. Apparemment qu'en outre des plaintes elle recevait aussi des confessions.

— Ma chère petite, conclut cette femme d'expérience, vous méditez trop. Il faut nous abandonner cette pratique, à nous autres dont c'est le métier ; et encore, faites attention que je n'aurais pas voulu, pour tout l'or du monde, être carmélite. Désirez-vous que je vous dise la vérité ? Vous êtes parmi les heureuses de ce monde, au premier rang. Je comprends que ce procès vous ennuie, mais il n'est pas perdu. Et, si vous le perdez, patience ! Votre vieille tante est là. Ce qui est à Dieu est à Dieu. Ce qui est à Quilliane est à Quilliane : vous ne mourrez pas de faim. Prenez courage et, pour cela, regardez un peu plus autour de vous. Et puis, faites beaucoup de bien. Ce sera autant de sauvé des griffes de Cadaroux, quoi qu'il arrive.

Quand Thérèse fut partie, madame de Chavornay s'en alla toute pensive à travers les longs corridors. Elle songeait :

« Mon Dieu ! ne restez pas trop longtemps sans faire disparaître le seul vrai malheur de sa vie, celui dont je ne me consolerais pas, si j'étais à sa place ! Car, de tous les sacrifices que je vous ai faits, vous savez bien, Seigneur, quel a été, quel est encore le plus grand. Mais il vous plaît de faire dominer dans le cœur des pauvres femmes tantôt l'amour de l'épouse, tantôt l'amour de la mère. Mon Dieu, en échange de ces deux amours que j'ai mis sur l'autel, envoyez la bénédiction suprême à cette enfant, vous qui l'avez créée trop parfaite pour le monde, et cependant trop tendre pour l'éternel veuvage ! »

L'époque du jugement d'appel approchait. Les séances interminables chez Guidon avaient recommencé pour Albert. Quant à Thérèse, elle avait senti le besoin de s'étourdir, mais d'une façon qui n'est pas l'ordinaire. Elle se jeta dans la charité, comme d'autres, en pareil cas, se ruent vers le plaisir, brisant son corps par la fatigue, domptant chacun de ses sens par les contacts les plus affreux, comme pour

se démontrer à elle-même qu'auprès de certaines détresses physiques ou morales, son
existence était un ciel, ses inquiétudes une
volupté.

On la vit alors demander une place parmi
ces femmes du grand monde, qui consacrent
leur charité à la plus effroyablement cruelle
des mille dévastations dont l'être humain peut
connaître le martyre. Soyez sans crainte, nobles
héroïnes de la guerre sainte contre la torture
et la mort! On ne saura même pas le nom
divin que vous avez choisi pour symboliser
l'agonie de ces filles du peuple dont, chaque
matin, vous voyez s'émietter la poitrine et les
membres. Lutter contre le dégoût, supporter
la vue de ce hideux travail ordinairement
caché par la tombe, vaincre l'évanouissement
qui met sa sueur froide à vos fronts, ce n'est
pas, en effet, ce que vous accomplissez de plus
rare. Vous obtenez qu'on respecte autour de
vous le silence qui entoure vos exploits sublimes. Le « chroniqueur » lui-même, ce grand
divulgateur de vos secrets, ignore celui-là,
bien que vous lui ayez livré tous les autres,
vos talents, votre beauté, vos fêtes. Et le

roman du jour, qui proclame, analyse ou invente vos faiblesses, passe à côté de cette gloire sans la remarquer, à moins qu'il ne la dédaigne comme sans intérêt pour son œuvre.

Un certain vendredi, vers quatre heures, le coupé de Thérèse prit la direction d'un des faubourgs les moins connus, voyage aventureux qu'il avait fallu étudier sur la carte, comme la navigation d'une passe peu fréquentée. Dans cette rue déserte, étroite, bordée de magasins et de dépôts, rien ne manquait de ce qui peut froisser l'instinct d'une femme délicate, car la débauche est toujours le Scylla de ce Charybde aux abois sinistres : la misère d'une grande ville.

La comtesse mit pied à terre devant une porte élevée qu'aucun insigne, aucune inscription ne désignait aux passants : c'était là. Dans sa poitrine, elle sentait son cœur se révolter d'avance, à la seule pensée de ce qu'elle allait voir, bien qu'elle eût visité cent fois son hôpital de Sénac. Mais elle savait qu'entre ce spectacle et celui qui l'attendait, il y avait la différence qui sépare le Purgatoire de l'Enfer, s'il est permis d'appliquer ce nom sans espé-

17.

rance aux douleurs dont le seul remède se
trouve dans l'espoir sans fin.

Une concierge au costume sombre accueillit
madame de Sénac et lui fit traverser la cour
par une avenue bordée de lilas, seuls orne-
ments de cet espace dont les moindres recoins,
transformés en planches de légumes, donnaient l'idée d'une administration rigoureu-
sement économe. Thérèse fut d'abord intro-
duite dans une petite pièce, moitié salon de
bourgeoise pauvre, moitié parloir de couvent,
où elle fut priée d'attendre. Sur la table se
trouvait un album; elle l'ouvrit et ne put retenir un mouvement en arrière : les pages ne
contenaient que des photographies représen-
tant les *sujets* les plus « intéressants » de cet
hôpital, d'où nulle malade ne sort vivante.
Certaines pages contenaient des portraits de
mortes; c'étaient les moins épouvantables.

Presque aussitôt une femme vêtue de noir
entra. Le monde, avant son veuvage, l'avait
connue; mais, depuis de longues années, sa
vie se passait dans cette maison fondée avec
sa fortune, et, chose vingt fois plus difficile,
gouvernée par sa haute intelligence. Le lieu

n'était pas fait pour inspirer de vaines phrases. Madame *** s'avança vers la comtesse, lui tendant les mains :

— Soyez la bienvenue, madame ; j'ai entendu dire que vous êtes du métier. Vous nous faites concurrence en province.

— Oh! non, répondit la comtesse en montrant l'album. D'après ce que j'ai vu là, mon hôpital de Sénac est un lieu de plaisance à côté du vôtre.

Une cloche intérieure sonna. Madame ***, qui ne s'était pas assise, — elle s'asseyait rarement, — fit un signe de la main à sa visiteuse.

— Permettez-moi de vous conduire au Salut, dit-elle. Ensuite nous travaillerons.

Dans la petite chapelle, qui s'ouvrait sur les deux salles, d'autres femmes en noir priaient déjà, au milieu d'une atmosphère étrange, où le parfum de l'encens mystique se mêlait aux sinistres odeurs du phénol, parfum des réalités lugubres.

L'office, très court, terminé, une vingtaine de pieuses infirmières, les unes résidentes et attitrées, les autres surnuméraires comme Thé-

rèse, se réunirent à la pharmacie où chacune
prit, dans un tiroir séparé, son tablier, ses
manches et sa trousse. Puis le pansement du
soir des quatre-vingts cancéreuses commença.

Déjà, d'un bout à l'autre des salles, reten-
tissaient des appels fiévreux, impatients, déses-
pérés, et, dans ces bouches condamnées la
plupart à se taire bientôt pour toujours, la
note gouailleuse de l'accent parisien surprenait
comme une sinistre bouffonnerie.

— Vite! vite! A moi d'abord! Je suis sûre
que l'heure est passée! On voit qu'il n'est pas
malade, le curé : il a mis le temps à dire ses
oremus!

Quelques-unes de ces malheureuses hurlaient
de désir, implorant, ainsi que la plus divine
volupté, cette minute divine, unique dans
leur journée, pendant laquelle une goutte de
morphine endormait leurs souffrances. Les
seringues d'argent, de lit en lit, accomplirent
leur tâche. Bientôt les salles furent plongées
dans un silence profond; pour celles qui
étaient bien portantes, l'heure pénible commençait.

Thérèse, en sa qualité de débutante, fut

chargée d'une des moins atteintes, grande
femme robuste dont elle n'aurait pu dire si
elle avait dix-huit ans ou cinquante : sur ce
qui avait été un visage, des coussins de char-
pie arrosés de phénol remplaçaient le nez et
les joues. D'une bonne humeur presque
effrayante en pareil lieu, cette condamnée à
mort ne tarissait pas de bons mots sur elle-
même. Ses plaies lavées, ses coussins de char-
pie renouvelés, elle dit à Thérèse :

— Merci, ma petite dame. Vous êtes nouvelle, encore un peu lente. Mais l'habitude
viendra. Vous avez des dispositions et je vous
promets ma pratique. Entre jolies femmes, on
se doit ça. Mon Dieu ! oui ; vous me croirez si
vous voulez : j'ai été aussi jolie que vous. Tout
de même, si vous me refaites ma frimousse
d'autrefois, je dirai que vous êtes habile.

— Vous verrez que tout ira bien. On en a
guéri de plus malades, répondit Thérèse, aver-
tie de ne pas ménager ces mensonges toujours
crus comme des oracles.

La malade subitement devint très sérieuse.
Une lueur triste passa dans ses yeux.

— Je sais qu'on en revient, fit-elle. Mais il

y a un plaisir de la vie que je ne connaîtrai
plus : ma pauvre tabatière !

Sortie de cette première épreuve relativement facile, madame de Sénac eut à soutenir
d'autres luttes plus méritoires. Elle visita des
plaies qui laissaient à nu l'ossature d'un
membre entier. Par d'effroyables excavations
lentement creusées dans la chair elle vit, parfois, le cœur battre et les poumons se soulever.
Mais elle tint bon jusqu'au bout, soutenue par
sa foi, par sa volonté et surtout par l'exemple
des autres héroïnes dont elle partageait le rude
labeur. Quelques-unes la connaissaient; la
plupart se connaissent entre elles. D'un signe
de tête très léger, à peine d'une phrase discrète
elles se saluaient. Plusieurs devaient se retrouver le soir à l'Opéra ou parmi le monde le plus
élégant; mais, dans cette maison presque clandestine d'un faubourg, elles semblaient se cacher l'une de l'autre, ainsi qu'il arrive à certaines, en ces rencontres moins avouables qu'il
convient de taire et d'oublier.

Albert attendait sa femme dans leur petit
salon.

— Chères mains, n'en faites pas trop ! dit-il

en baisant les jolis doigts, coquettement par-
fumés à cette heure. (Ils savaient quelle
caresse les attendait.)

— Je n'en ferai jamais trop, répondit la
jeune femme, pour remercier Dieu qui t'a conservé à moi, qui me rend si heureuse, tandis
qu'il envoie de pareilles tortures à quelques
êtres humains.

— Est-ce que tu comptes retourner là-bas?
demanda-t-il. Tu es toute pâle.

— Je retournerai, dit-elle gravement, ne
serait-ce que pour voir un côté estimable, con-
solant, de ce monde que j'ai souvent méprisé.

Dès lors elle eut, chaque semaine, son « jour
de pansement », journée complète, commencée
aux premières heures, à peine interrompue au
moment du repas qu'elle venait prendre avec
son mari. Hélas! plus l'époque du jugement
approchait, plus elle se confirmait dans une
certitude qui lui causait un trouble douloureux.
Des symptômes, à peine sensibles pour d'autres
yeux que les siens, lui faisaient voir en effet
qu'un désastre de fortune serait une crise funeste au bonheur de sa vie. Déjà elle songeait
avec un soupir à leur chère intimité d'autre-

fois. Souvent, quand il sortait de ses interminables conférences avec Guidon, Albert surprenait sa femme par des mouvements d'humeur,
par de brusques sorties sur des motifs insigni-
fiants, ou, ce qui la choquait plus que tout le
reste, par des allusions qu'il ne pouvait retenir aux services qu'elle avait demandés à Fortunat, qu'elle en avait acceptés. En d'autres
occasions, il manifestait un découragement à
peine croyable chez un homme qu'on aurait
jugé supérieur à tous par l'énergie.

— Souviens-toi ! lui dit-elle un jour. Pendant deux ans tu as lutté « contre Dieu même »,
c'étaient tes paroles. Est-il donc plus difficile
de lutter contre Cadaroux ? Quoi qu'il arrive,
peut-on nous ôter l'un à l'autre ? Va ! si tu
crains pour mon propre courage, tu peux être
sans inquiétude, ami ! Tu me verras sourire,
plus souvent qu'aujourd'hui, peut-être. Rede-
viens toi-même ! Ne m'as-tu pas raconté que
les chevaux de sang restent debout les derniers
dans les fatigues de la guerre ?

— Oui, répondit-il d'une voix sourde. Mais
je ne t'ai pas dit qu'ils valent mieux que les
autres pour tourner la meule.

Vers le commencement de mai, la Chambre des appels de police correctionnelle confirma le premier jugement. Dès lors, les catastrophes les plus extrêmes devenaient probables ; mais, contrairement à ce qu'on aurait pu croire, Sénac redevint digne de lui-même quand tout espoir sembla perdu. Le gentilhomme retrouva sa fermeté pour faire tête à l'orage, et marcher à la ruine comme ses pères marchaient à l'échafaud. Thérèse le secondait en femme de race, ouvrant ses portes aux visiteurs encore une fois nombreux. De même que mille personnes prennent le deuil à la mort d'un Montmorency, pour se donner de belles alliances, de même on ne rencontra plus que des gens qui vous disaient, la larme à l'œil :

— Êtes-vous allé chez les Sénac ? Ils sont bien courageux. Hier je disais à la pauvre jeune femme...

Il fau. avoir passé par là pour comprendre ce que dut souffrir Thérèse, en face de ce défilé qui tenait à la fois d'une cérémonie d'enterrement et d'une promenade à l'Hôtel des ventes, un jour d'exposition curieuse. Tous ces braves gens qui venaient l'assurer de leur sym-

pathie, examinaient toute sa personne d'un
même regard froid. Puis, tandis qu'ils débi-
taient leurs conseils et leurs consolations, leurs
yeux faisaient le tour de la pièce majestueuse,
comme pour s'en graver une suprême image
dans la mémoire.

En somme, le monde voyait disparaître ce
jeune ménage qui lui avait toujours échappé,
avec le même sentiment d'estime malveillante
qu'il avait eu, dès le premier jour, pour ces
deux insoumis, indifférents à ses faveurs, su-
périeurs à ses petitesses. Leur dernier crime,
non moins offensant que les autres, était de
ne vouloir pas être plaints. On les en punit
en les plaignant avec une emphase retentis-
sante. Les plus féroces leur demandaient :

— Enfin, voyons, qu'allez-vous faire, mes
pauvres amis ?

D'aucuns, beaucoup plus rares, montrèrent
qu'ils les connaissaient bien en leur offrant
leur bourse. Ils ne se seraient pas risqués
beaucoup plus en offrant tout le grain de leur
aire à deux aigles blessés. Enfin, rien ne man-
qua aux cérémonies dont le monde accompagne la disparition des vaincus de la vie, pas

même l'oraison funèbre que Javerlhac prononça en vingt mots. Quelqu'un ayant exprimé
devant lui cette opinion que les Sénac n'étaient
pas de leur siècle :

— Pas de leur siècle ! fit-il. Je crois bien !
Ils n'étaient même pas de leur planète.

Cependant Guidon du Bouquet, jugeant le
moment venu, posait les premiers jalons d'une
demande en séparation de biens à introduire
par la comtesse, quitte à s'en voir désavoué.

Mais une procédure plus expéditive allait
appeler Cadaroux devant une juridiction dont
il n'avait pas prévu la compétence.

XV

Depuis plusieurs semaines, le père Signol
avait un successeur à la maison du bac; mais,
soit à cause de l'esprit d'indépendance qui le
distinguait, soit pour ne pas s'éloigner, même
de trois cents mètres, du Rhône, son « père
nourricier », il avait refusé l'asile offert par
la comtesse dans son hôpital. On se doute
bien, d'ailleurs, que le brave homme n'y
avait rien perdu, et, selon toute proba-
bilité, ce n'était pas avec ses seuls moyens
qu'il s'était installé et qu'il vivait assez doucement dans une chaumière au bord de l'eau,

à quelque distance du village, en aval du bac.

Fortunat l'y avait suivi, à l'inexprimable colère de Saturnin, frustré d'une partie de sa vengeance par cette cohabitation nouvelle. Le jeune homme semblait prendre à son installation un intérêt et un plaisir tout particuliers. Aussi bien, pour une cause que l'on va voir, l'existence pour lui n'était plus la même. En peu de jours, vêtu comme un ouvrier, il avait blanchi les murailles de la petite maison, repeint les fenêtres et la porte, réparé la palissade. L'intérieur se garnissait d'un mobilier simple mais suffisant. Le jardinet s'emplissait de fleurs et de légumes, et, devant la barrière, des poules picoraient sur le chemin de halage le grain tombé du bât du meunier.

Parfois, à la nuit tombante, une femme venant du village par des sentes détournées se glissait dans l'humble logis, après s'être assurée que personne ne l'épiait. C'était la mère de Fortunat, jadis plus ardente que son mari lui-même dans sa rancune contre les Sénac, à ce point que la conduite de son fils l'avait révoltée comme une défection honteuse. Mais, avec le temps, cette première flamme de la haine

s'était assoupie dans le cœur de la vieille
Corse, ou plutôt le sentiment maternel avait
repris le dessus. Alors elle avait tâché d'adoucir
son mari : vains efforts ! Peut-être Cadaroux,
livré à lui-même, se fût-il calmé, surtout avant
l'époque où l'on put croire que ses machina-
nations le conduiraient à la fortune. Malheureusement, il avait près de lui, dans la personne de sa fille Reine, le démon de la dis-
corde ! Lætitia comprit bientôt que la réconci-
liation qu'elle désirait à cette heure était impossible. En même temps, cette mère infortunée se vit menacée dans la vie de son fils
comme elle était déjà frappée dans sa tendresse. Une ou deux fois, se cachant comme
une coupable, elle était parvenue à l'apercevoir, et, sur ce visage amaigri, dévoré par un
mal dont elle ne soupçonnait pas la cause la
plus douloureuse, elle avait lu des prédictions
sinistres.

Quand le jeune homme, enveloppé dans la
vengeance qui frappait le vieux batelier, dut
chercher un autre asile, sa mère, dans une
entrevue soigneusement dissimulée, le conjura,
les larmes aux yeux, de revenir au toit

paternel. Mais Fortunat ne lui répondit que par le serment de ne jamais rentrer dans une maison souillée par la plus horrible injustice, à moins que le désistement de son père ne vînt mettre un terme aux indignités déjà commises. Hélas ! le procès marchait trop bien pour qu'il pût être question de ne pas en presser l'issue.

Alors la pauvre mère n'eut plus qu'un désir : apporter dans l'exil de son fils tout l'adoucissement possible. Quand le vieux Signol, grâce à la générosité de la comtesse, eut loué la petite chaumière des bords du Rhône, Lætitia vint visiter la masure. Avec des peines infinies, elle fit accepter à son fils, pour rendre cet abri moins sordide, les quelques louis qu'elle avait pu soustraire à la comptabilité méticuleuse de son seigneur et maître. De cette façon, le vieux batelier et celui qu'il appelait toujours son pensionnaire furent, logés décemment, grâce à un fonds commun provenant des deux sources le moins faites en apparence pour se confondre.

Chose encore plus inattendue ! la vieille Corse en vint assez vite à se prendre pour Thérèse de Sénac d'une passion véritable, sans se douter que ce sentiment pénétrait en elle comme un reflet. Fortunat, qui avait aimé tendrement sa mère quand il était relativement heureux, se mit à l'adorer quand il retrouva, dans ce cœur rude mais sincère, le seul écho qui pût répondre au sien. Elle eut enfin part à ses confidences. Il lui conta sa rencontre avec Thérèse au bord du Rhône, presque à l'aube du jour, quand la vaillante châtelaine était venue défendre l'honneur de son toit. L'âme passionnée de cette femme de soixante ans, dont les cheveux restaient noirs comme l'ébène, s'exaltait à ces récits dont elle s'augmentait encore le romanesque attrait. Quoi! elle avait pu haïr cette belle comtesse qui traitait Fortunat comme un ami, comme un frère; qui lui confiait son intérêt, son estime, sa personne, sa réputation elle-même!... C'était un culte véritable qu'elle avait à cette heure, elle aussi, pour cette ennemie d'hier, et, plus d'une fois, elle s'était demandé si « l'enfant » n'éprouvait pas autre chose encore que du dévouement pour la grande dame.

Mais Fortunat trompait sa mère de son

mieux, en ne la laissant lire que sur une des faces de son cœur.

Un matin, Reine Cadaroux eut une lettre de son père, qui était à Paris depuis plusieurs jours afin d'assister au jugement. Le *Bouscatié* racontait son triomphe en quelques lignes terminées par cette plaisanterie sinistre : « J'ai idée, cette fois, qu'ils peuvent accorder les violons pour la danse. » En attendant mieux, ce fut Reine elle-même qui se mit à danser, tant elle était joyeuse. Puis, allant à la fenêtre, elle envoya, suprême insulte! un baiser vers la Tour, en disant :

— A bientôt, ma belle! Mère, vous ne riez pas en songeant à la figure que nos châtelains font en ce moment?

Non, elle ne riait pas, la pauvre Lætitia. Elle songeait à la figure que ferait son fils, quand elle pourrait aller le trouver, vers la brune, pour lui porter le message fatal !

Le soleil était couché. Fortunat comptait les minutes, car il savait que le procès devait être jugé de la veille. Il attendait sa mère dans sa chambre, dont la fenêtre ouverte laissait pénétrer les voix grondantes du Rhône enflé par

une crue de printemps. Sur la berge, le vieux
Signol debout, immobile, fumait sa pipe,
magnétisé par la fuite régulière des eaux
chargées d'épaves. Lætitia parut bientôt. Elle
ouvrit la porte; son fils courut à sa rencontre.

— Eh bien? fit-il, enveloppant sa mère
d'un regard fiévreux.

— Mauvaise nouvelles!

— Pour qui?

— Pour toi, *sventurato*!

Il avait compris. Il se laissa tomber sur une
chaise, tandis que sa mère, debout près de
lui, posait ses mains sur la tête brûlante de
« l'enfant ». Bientôt, aspirant l'air pour ne
pas défaillir, il se dégagea et s'approcha de la
fenêtre ouverte. Il faisait presque nuit; la
sourde menace des eaux devenait plus sinistre
à mesure qu'augmentaient les ténèbres. La
rive gauche, à peine marquée par des collines
détachées sur le ciel, semblait éloignée d'une
lieue. Le ciel était sombre et bas; la pluie commençait à tomber doucement. Fortunat, pendant une longue minute, garda le silence
comme pour mettre son âme à l'unisson de la
tristesse de la nature.

— Ma mère, dit-il tout à coup d'une voix
faible, bientôt nous ne nous verrons plus!

Lætitia n'avait pas conservé ses oreilles de
vingt ans. Elle fit répéter la phrase qu'elle
n'avait point entendue.

— Nous allons nous quitter, répéta le jeune
homme avec plus de force.

Elle joignit les mains, et, glacée d'une affreuse
épouvante, elle demanda :

— Où iras-tu donc?

— Là-bas!

De son bras étendu, Fortunat désignait l'horizon vague des montagnes, sur l'autre rive.
Sa mère crut qu'il montrait le Rhône.

— Malheureux! cria-t-elle. Tu veux mourir!

— Non! répondit-il en la rassurant d'un
geste. Soyez sans crainte. *Elle* m'a défendu
de me tuer!

A cette parole qui lui brisait le cœur, Lætitia
fut sur le point de s'écrier : « Et moi! » Mais
elle se tut, comme foudroyée par le secret
qu'elle découvrait.

— Que gagneras-tu à partir? dit-elle.

— Ce que j'y gagnerai? De ne pas voir la
comtesse de Sénac chassée de son château, sans

que, cette fois, je puisse la défendre. Ah!
pourquoi suis-je né?

— Je t'en prie, calme-toi! dit la mère en se
mettant à genoux devant son fils. Voyons!
que faut-il faire? Cherchons un moyen. Écoute:
si je pouvais... Ton père est encore à Paris
pour quelques jours. Si je pouvais, pendant
son absence, mettre la main sur ces papiers?...
Je les connais. Que de fois il me les a montrés
en me disant : « Voici la clef du château de
Sénac. » Quand je les aurais pris, tu les donnerais à la comtesse. Et alors, tout serait fini.
Tu pourrais rester!

— Pauvre mère! dit Fortunat. Que ne peut-
elle vous entendre! Hélas! le moyen ne serait
pas bon. D'abord, mon père vous tuerait si vous
faisiez cela. Ensuite, croyez-vous que la comtesse consentirait à se servir d'une arme volée,
même pour se défendre? Vous ne la connaissez
pas! Et puis, voyez-vous, même si elle revenait... Mon Dieu! c'est ce jour-là que je
devrais partir!

— Mais pourquoi? pourquoi, au nom du
ciel?

Le jeune homme se tut. Pendant quelques

secondes on entendit seulement la grande voix
du fleuve roulant ses eaux pressées, à la lumière vague des étoiles qui commençaient à se
montrer. Fortunat hésitait encore à dévoiler
son cœur, même à sa mère. Il luttait contre
la douce tentation de laisser son amour vivant
derrière lui, dans une oreille humaine. Enfin,
il céda. Ne venait-il pas de trouver un déposi-
taire digne de cet héritage? Et, surtout,
qu'avait-il à révéler qui ne fût à la gloire de
son idole?

— Il y a une chose que vous ne savez pas,
dit-il en s'approchant pour être entendu sans
trop élever la voix. J'aime comme un misérable fou la comtesse de Sénac... et j'en
meurs!

Lætitia, élevée dans le pays où toutes les
passions sont puissantes, parut à peine éton-
née. Ses yeux brillaient, dans l'ombre, d'un
feu singulier. Elle murmura, sans apercevoir
elle-même tout ce qu'il y avait au fond de sa
pensée :

— Lui as-tu parlé?

— J'ai parlé! répondit le jeune homme en
embrassant doucement sa mère au front. J'ai

18.

dit une parole qui méritait toute sa colère; et
cependant elle ne s'est point irritée. Si vous
l'aviez entendue! Si vous aviez vu son regard!
C'est une grande dame, assurément; mais, de
plus, c'est une sainte. Une créature comme
elle n'a besoin ni de mots pompeux, ni d'indignation bruyante. Elle m'a dit une phrase,
une seule phrase que je n'oublierai jamais; tout
a été fini!... Et je l'aime toujours, je l'aimerai
jusqu'à ma mort — dont je lui ai juré de ne
point avancer l'heure... Mais je sens qu'il ne
faut plus que nous nous rencontrions ici-bas.
J'ai eu d'elle tout ce que je puis rêver : le
bonheur de la servir. Elle m'a touché la main.
Elle m'estime. Elle ne m'oubliera jamais!.. Ne
détournez pas la tête : j'ai sa promesse! Quand
sa bouche a dit une chose, la vérité même a
parlé. Maintenant, quoi qu'il arrive, que le
malheur l'atteigne sans espoir ou qu'elle soit
délivrée de toute crainte, que puis-je pour
elle? Rien. Mon rôle est fini dans sa vie... Je
pars!

— Où iras-tu?

Comme il allait répondre, une clameur loin-
taine arriva du Rhône, portée par la brise que

la nuit soulevait. Des voix qui semblaient se rapprocher criaient : « Au secours ! »

Fortunat courut à sa fenêtre et répondit par un « holà ! » vigoureux.

Le père Signol, toujours debout au bord du fleuve, ôta sa pipe de sa bouche et grommela tout haut :

— Ils ont le temps d'appeler, d'ici à la mer !

En même temps, une masse noire passa sur l'eau comme une flèche, à vingt brasses de la maison. Deux voix se distinguaient. L'une cria : « Signol ! » L'autre, moins forte, prononça un autre nom. Fortunat, les cheveux hérissés de frayeur, se rapprocha de sa mère qui n'avait rien entendu.

— Mon père est à Paris ? demanda-t-il tout tremblant.

La vieille femme répondit, sans comprendre l'agitation de son fils :

— Je ne l'attends que dans plusieurs jours. Pourquoi ?...

— Fortunat ! hurlait encore la voix, que la brise apportait plus distincte.

En deux bonds, le jeune homme fut au bas de l'escalier et sauta dans la légère nacelle retenue par un cadenas à l'anneau de fer.

— La clef! Signol, vite la clef! N'avez-vous
pas entendu?... En barque, et démarrons!

Le vieux batelier, la main sur ses yeux,
regardait le point noir prêt à disparaître pour
toujours. Avec un calme sinistre, qui cachait
mal une effroyable expression de triomphe, il
répondit :

— C'est l'embarcation du bac qui vient de
partir à la dérive. J'avais bien dit qu'un jour
ou l'autre cet apprenti causerait un malheur.
Ah! ah! ils ne me trouvaient plus assez fort!...
Non, par le diable! je ne me serais pas senti
assez fort pour passer le Rhône, quand il monte
d'un demi-pied par heure!

Et, satisfait de la vengeance longtemps appelée, l'homme restait immobile, prêtant encore l'oreille. Les voix s'entendaient toujours,
mais déjà de bien loin.

— La clef! malheureux! criait Fortunat.
Êtes-vous donc le dernier des monstres? La
clef! Ah! bandit! Je l'aurai de force!

Il allait se précipiter sur l'implacable vieillard. Signol mit la main dans sa vareuse et
dit tranquillement :

— Partir sur cette coque de noix, dans les ténèbres, avec un courant qu'un cheval au galop ne suivrait pas ! Je jure que nous ne serions pas plus certains de mourir vous et moi, si nous avions la main du bourreau sur l'épaule. Non, jeune homme, vous ne me prendrez pas la clef.

Tout en parlant il l'avait sortie de sa poche. Il fit un mouvement de la main, on entendit le bruit d'un objet lourd qui tombe dans l'eau ; en même temps, pour la dernière fois, les clameurs sinistres des deux victimes entraînées parvenaient à la rive.

— Signol, gémit Fortunat, tu n'as donc pas reconnu cette voix qui m'appelle ? On aurait dit celle de mon père !...

Et il se mit à courir le long du fleuve, comme s'il avait pu espérer, à moins d'un miracle de Dieu, d'atteindre ceux qui allaient mourir.

L'obscurité empêchait de voir la physionomie du vieux passeur. On l'entendit répondre, d'une voix grave comme celle d'un juge :

— Si c'est le *Bouscatié* qui appelle, que Dieu ait pitié de son âme et lui pardonne ! Mais c'est assez d'une mort dans la famille, pour cette nuit ! Je viens de vous sauver la vie.

A cet instant, madame Cadaroux, folle d'angoisse, arrivait sur la berge. En n'apercevant pas son fils, elle poussa des cris de détresse.

Fortunat reparut bientôt. Ses jambes chancelaient sous lui.

— Ma mère, dit-il d'une voix méconnaissable, rentrons à la maison ; je vous accompagne.

Elle le regarda ; encore confondue de terreur ; elle n'avait compris que vaguement la scène.

— Tu reviens chez nous ?

Ensemble ils partirent. Lœtitia multipliait les questions. Son fils, sans lui répondre, la tirait après lui dans une course rapide, hâté d'arriver, espérant encore qu'il s'était trompé, qu'un indice, une preuve quelconque allait lui démontrer que son père était bien loin du Rhône à cette heure. En voyant son frère sur le seuil où il n'avait point paru depuis longtemps, Reine eut une exclamation où la joie n'entrait pour rien. De sa voix aigre-douce, elle grommela :

— Je te préviens que le père peut te surprendre d'un moment à l'autre. Une dépêche

vient d'arriver, nous avertissant de l'attendre
ce soir. Gare à ton dos, s'il te trouve à la
maison !

Fortunat bondit sur le lugubre papier bleu
que sa sœur lui tendait. A peine il put lire
cet arrêt de mort :

« Je me suis décidé à partir aujourd'hui.
Dînerons ensemble. »

Avec un cri terrible, il s'évanouit.

. . . .

Le lendemain, vers le coucher du soleil, un
fermier de la riche plaine arlésienne surveil-
lait, du haut de la levée battue par les eaux,
la décroissance du fleuve. A Mollégés, le Rhône,
devenu large comme un golfe, débarrassé de
toute résistance, maître du pays jusqu'à la
mer, calmait sa rage et ralentissait sa marche,
ainsi que fait un vainqueur, sûr désormais de
sa conquête. Déjà le remous causé en cet endroit par l'écluse naturelle du seuil de la Crau,
se faisait sentir et annonçait la baisse prochaine du fleuve. Sous les arbres qui crois-
saient magnifiques et nombreux dans le limon,

des amas de roseaux mélangés d'écume jaunâtre
formaient de grandes îles flottantes. Le fermier
joyeux songeait qu'on allait pouvoir dormir
tranquille cette nuit-là, sans craindre la rupture des digues, signal toujours craint d'une
fuite précipitée et désastreuse.

Soudain, une masse plus lourde, enchevêtrée
dans un buisson, frappa sa vue. L'homme,
une main sur ses yeux, considéra l'objet atten-
tivement et parut bientôt fixé sur sa nature.
A cette même place, il avait déjà vu bien des
fois une face grimaçante, sinistrement gro-
tesque, comme celle que lui montrait l'épave
humaine échouée à dix pas de la levée.

— Un *négadis*! fit le paysan, sans s'émou-
voir.

Après cette exclamation peu pathétique, il
rentra chez lui et, fort tranquillement, comme
il sied à un homme habitué à ces aventures,
il envoya un pâtre avertir « la justice »
d'Arles. Puis il se mit à table avec sa famille,
et, durant tout le repas, il fut question de la
gênante habitude qu'ont les *négadis* du Rhône
de venir s'arrêter à Mollégés. Toutefois l'indifférence devint de la stupéfaction quand on re-

connut, par les papiers du mort, qu'il arrivait
de Paris et même qu'il était venu bon train :
sa note d'hôtel était acquittée de l'avant-veille.
D'autres papiers firent voir qu'il était maire
d'une commune appelée Sénac, dans l'Ardèche,
et, sans doute, propriétaire d'un château féo-
dal, car son portefeuille contenait la photographie d'un donjon à l'apparence majestueuse.
Comme, en outre, il avait de l'argent, on lui
accorda les honneurs d'un drap blanc sur de la
paille fraîche, dans une salle basse de la maison. Puis on envoya ce télégramme :

« Adjoint Sénac (Ardèche).

» Maire de votre commune trouvé mort sur
notre territoire. Envoyez instructions. »

Le batelier n'a jamais reparu. Sans doute,
comme l'avait prophétisé le vieux Signol, il est
allé « jusqu'à la mer ».

XVI

Quelques jours après, Thérèse de Sénac trouvait dans son courrier la lettre suivante :

« Madame, les journaux vous ont appris l'affreuse catastrophe; mais ils n'ont pu vous dire qu'une faible partie du drame qui hantera jusqu'au dernier jour mes oreilles et mes yeux. Dans quelque temps, ma pauvre mère vous fera ce récit. Madame, soyez bonne pour elle...

» Pardonnez-nous; l'expiation est suffisante. Pour vous, désormais, l'orage est passé. Un

peu de cendres encore chaudes au fond de
l'âtre où des papiers maudits achèvent de brûler, voilà tout ce qui reste de vos angoisses
— permettez-moi de dire de *nos* angoisses
passées.

» Revenez bien vite à Sénac, chez vous,
parmi vos malades et vos pauvres. Le vieux
Signol a repris ses fonctions que nul n'ose
plus remplir. Encore une fois il vous fera
passer le Rhône dans son bateau. Encore une
fois vous gravirez la pente des allées, si odo-
rantes, si fleuries aujourd'hui !

» Encore une fois vous monterez sur la
vieille tour ; mais, quand vous serez sur le
sommet, ne regardez pas du côté de la ville :
aucun danger ne vous y menace plus. Tournez
les yeux vers le Levant, dans la direction des
montagnes qui cachent la Grande-Chartreuse.
Que vos prières aillent retrouver là, sous les
grands sapins toujours verts, le dernier reje-
ton d'une race malheureuse qui fut l'ennemie
de la vôtre et qui va finir dans le silence,
mais non pas — vous le savez — dans la
rancune et dans la haine qui durèrent trop
longtemps !

» Soyez toujours heureuse, madame! Vous avez vaincu le malheur et vous méritiez de le vaincre. N'oubliez pas celui qui fut pour vous un humble et dévoué serviteur.

» FORTUNAT CADAROUX. »

XVII

Les Sénac sont fixés dans leur château.
Selon toute apparence, Paris ne les reverra
qu'en des apparitions assez courtes. Ceux qui
les approchent, plus nombreux qu'autrefois,
les trouvent changés ; non pas plus dédaigneux de l'idéal, non pas moins fiers de leur
race, non pas moins absorbés dans leur tendresse réciproque et dans leur pitié pour ceux
qui souffrent, mais plus indulgents, plus rési-
gnés à la réalité médiocre, en quelque sorte
plus humains. Le soin des malades et des
pauvres, les relations avec les voisins, la con-

19.

duite d'un domaine constamment amélioré
dans l'intérêt de tous, occupent leurs moindres
loisirs. Cependant, si affairée qu'elle puisse
être, la comtesse est montée chaque jour,
pendant bien des mois, aux vieux créneaux
de la plate-forme où, son beau visage tourné
vers l'Orient, elle prie pour le jeune chartreux
qu'elle n'a point oublié. Plus d'une fois elle
a fait en sorte d'avoir de ses nouvelles. On
lui a dit qu'il serait devenu un saint moine
— s'il avait le temps. Mais ses jours sont
comptés. C'est à lui, à lui d'abord, que la
fosse toujours ouverte sous le grand crucifix
du cimetière semble adresser la solennelle ad-
monestation. Il le sait; il en est heureux;
déjà il se repose. Il n'attend, il n'espère, il
ne craint plus rien ici-bas, ce mourant, déjà
mort au monde. Il ne sait pas, surtout, il ne
saura jamais, que, du fond de son cloître,
il a rendu Albert jaloux, sans que Thérèse, durant des mois, en eût soupçon. Peut-être que,
pour la première et la dernière fois de sa vie,
Albert n'eut pas tout à fait tort d'être jaloux...

Un matin la comtesse, du haut de son observatoire, aperçut son mari qui marchait à

grands pas sous une charmille, et, croyant
n'être pas vu, jetait souvent vers les créneaux
où flottait la robe de sa femme des regards
chargés de tristesse. Frappée d'une idée subite,
instruite, hélas! par l'expérience, elle descendit les marches et courut au promeneur, qui
fut d'abord étonné de sentir dans ses bras celle
qu'il croyait à la Grande-Chartreuse.

— Mais sois donc heureux! dit-elle. Que
peux-tu craindre? Que te manque-t-il?

— Tiens! répondit Sénac, chacune de ces
pierres, chacun de ces arbres me fera toujours
souvenir que tu serais aujourd'hui loin de
cette demeure, sans un autre homme. C'est lui
qui te l'a donnée, en quelque sorte; ce n'est
pas moi. Qui m'aurait dit qu'un inconnu
prendrait une telle place dans ta vie?

— Eût-il sauvé cette vie cent fois, qu'importe? C'est toi que j'aime et pour qui je suis
prête à mourir! Oh! mon ami, ne trouves-tu
pas qu'il est temps de nous humilier devant
l'ironie des calculs de notre sagesse? Tout ce
qui n'est pas nous-mêmes a trompé notre
attente. La richesse que nous pensions avoir
a failli devenir pauvreté. Par notre amour

nous nous sommes causé mutuellement beaucoup de souffrance. Le monde que nous mé-
prisions, que nous méprisons encore, s'est
vengé de son mieux ; nos amis nous ont
mal conseillés ; c'est un ennemi qui nous
sauvé. Enfin, c'est le fils d'un athée, le descendant des abatteurs de croix qui renonce
au monde et qui nous y laisse, nous les enfants
des croyants et des justes ! Ah ! cher, soyons
très humbles, très simples, très reconnaissants
de ce qui nous est donné : faisons, pensons
ce que font et pensent les autres, j'entends
ceux qui sont bons, qui s'aiment, et qui sont
heureux.

— *Amen !* dit Albert en baisant les lèvres
qui venaient de prononcer des paroles si sages.

Néanmoins il sentait toujours un vague
déplaisir quand Thérèse, fidèle à sa reconnaissance, allait saluer au loin les cimes bleues
des montagnes de l'Isère ; mais jamais plus il
ne laissa entendre une parole pour blâmer ces
visites au sommet de la tour, ni pour les
rendre plus rares. Et cependant, comme des
mois s'étaient passés, elles se firent moins
fréquentes ; puis, pour la jeune femme aTour-

die, l'escalier aux rudes marches devint un chemin trop pénible. Thérèse de Sénac, cette fois, avait perdu ces ailes qui faisaient gémir la Révérende Mère de Chavornay, dont les cierges brûlaient toujours dans la chapelle.

Et lorsqu'un jour la sainte religieuse apprit la naissance d'Esther-Fortunée-Christiane de Sénac, dont elle était la marraine dignement suppléée par Kathleen Crowe, elle écrivit à sa nièce, d'une main qui commençait à trembler sous le poids de l'âge :

« Chère enfant, vous savez maintenant quelle grâce je demandais pour vous au bon Dieu. Désormais je ne suis plus inquiète. Il peut m'appeler quand il voudra. L'ange qu'il vous a donné vous apprendra enfin l'art d'être heureuse en ce monde. »

FIN

PARIS. — IMPRIMERIE CHAIX, 20, RUE BERGÈRE. — 8734-4-91.

www.ingramcontent.com/pod-product-compliance
Lightning Source LLC
Chambersburg PA
CBHW050154030726

47505CB00005B/1373